일러두기

- 이 책의 제목은 영어 표현 'DROP THE BEAT'에 해당하는 음차 표현으로, 외래어 표기법상 'DROP'은 '드롭'으로 표기하는 것이 정확하나, 해당 표현이 '드랍 더 비트'로 널리 사용되고 있어 이를 본 책의 제목으로 하였습니다.

- 앨범 제목은 〈 〉로, 곡의 제목은 ' '로 표기하였습니다.

- 단행본 제목은 《 》, 텍스트 작품의 제목은 〈 〉, 영화 및 영상물 제목은 ' '로 표기하였습니다.

- 수록 가사는 여러 음원사이트와 음원을 참고해 인용하였으며, 띄어쓰기는 어문규정을 따랐습니다.

- 수록 가사는 한국음악저작권협회 및 저작권사와 협의 후 인용되었습니다.

김근 · 남피디 지음

드랍 더 비트

차례

(힙합을 위한 작은 노력)

유튜브 채널 '시켜서하는tv'를 시작하게 된 건 우연이었다. 이 책을
함께 집필한 남피디를 만나러 그의 사무실을 방문했는데 그가 무작
정 카메라를 켜고 말을 시켰다. 해당 영상을 시작으로 나는 뜻하지
않게 유튜버가 되었다. 시인으로서 처음엔 시와 관련된 콘텐츠를
올리려고 계획했었다. 시청자들이 시에 대한 선입견이나 편견을 걷
고 좀 더 친근하고 풍부하게 시를 만날 수 있으면 좋겠다고 생각했
다. 하지만 남피디는 더 참신한 방향으로 콘텐츠를 구체화하고 있
었나 보다.

　어느 날 그는 정상수의 '달이 뜨면'과 이센스의 'Writer's Block'
의 가사가 적힌 종이를 내밀었다. 그리고 노래를 들려줬다. 힙합이
라고 했다. 그러고는 시인의 관점에서 노래들에 대한 의견을 물었
다. 사전에 어떤 약속도 없었다. 나는 당황했지만, 채널 이름이 '시
켜서하는tv'라서 그가 시키는 것을 거부할 수 없었다. 겨울이었는
데도 땀을 삐질삐질 흘리며 가사를 읽고 또 읽은 기억이 선명하다.
그전까지 힙합 음악에 대해 전혀 관심도 없던 내가 시를 읽듯이 더

듬더듬 가사들에 대해 이야기하기 시작했다. 그 난감해하던 모양이 재미있었는지, 시인과 힙합이라는 다소 생소한 조합 때문이었는지 구독자가 늘고 영상의 조회수도 예상을 웃돌기 시작했다.

그렇게 힙합 리뷰가 시작되었다. 정말이지 처음엔 힙합의 'ㅎ' 자도 몰랐던 터라 귀에 익지 않은 랩을 반복해서 듣는 일이 만만치 않았다. 게다가 힙합 특유의 문화가 반영된 가사에 적응하기도 쉽지 않았다. 남피디의 선곡을 듣고 해석하며, 낯섦은 조금씩 내가 한 번도 느껴보지 못한 매력과 쾌감으로 바뀌어 갔다. 1년 남짓 동안 100곡이 넘는 노래를 리뷰해 영상으로 업로드했다. 때론 심각해지기도 하고 때론 분노하기도 하고 때론 먹먹해지고 때론 울컥 눈물을 흘리기도 했다. 힙합을 듣고 그런 반응을 보이게 될 줄은 전혀 몰랐다. 내가 여태 해왔던 시 읽기가 변형되고 확장되며 다른 문화와 접점을 만들어가는 모습을 지켜보는 일은 무척이나 신기하고 즐거운 일이었다.

1년 조금 넘게 들었다고 힙합을 잘 안다고 자처할 수는 없지만 적어도 힙합을 즐길 수는 있게 되었다는 것은 성과라면 성과이겠다. 무엇보다 이 노래들을 매개로 힙합을 듣는 젊은 세대와 소통하게 되었다는 점도 내겐 큰 결실이다. 그 덕에 뜻하지 않은 인연들도 생겼다. 채널 초반에 가사에 대한 고민을 털어놓으며 우리 영상에 출연하기도 했던 제이영, 내 시 낭독회 공연에 함께하면서 인연이 되어 우리 채널에서 종종 다양한 이야기를 들려줬던 제임스 안, 그리고 우리 채널에 방문해 새 앨범에 대해 의견을 주고받았던 JJK.

모두 소중한 인연이다. 힙합 연구자인 미국인 청년 조(Joe) 또한 빼놓을 수 없다. 그의 이야기는 책에도 실려 있다.

이 책은 그동안 우리의 여정을 정리하는 데 의미가 있다. 어쩔 수 없는 지면의 한계 때문에 리뷰했던 곡을 다 담을 수는 없었다. 독자들이 좀 더 친근하게 느끼는 곡을 우선하였으나, 어디까지나 우리만의 기준으로 선정했다.

사실 출판사에서 출간 제안이 왔을 때 이미 영상이 있으니 글을 쓰는 것은 수월할 줄 알았으나, 오판이었다. 글을 쓰는 일은 말하는 일과는 전혀 달랐다. 곡들에 좀 더 깊이 빠져들어야 했고 그 노래들 안에서 좀 더 허우적거려야 했다. 더 섬세하게 접근해야 했다. 컴퓨터 화면에서 깜박거리는 커서는 나를 막막하게 했다. 괴로웠다. 그러나 행복한 시간이었다. 글을 쓰면서 그 노래와 그 노래를 부른 래퍼에게 더욱 큰 애정이 생겼음을 어쩔 수 없이 고백한다.

힙합씬의 당사자들이 보면 그동안 우리가 해왔던 리뷰도 여기에 실린 글들도 어디까지나 외부자의 시선이자 의견일 것이다. 씬에서 활동하는 전문가들이나 아티스트들의 의견과는 다른 지점도 있을 것이고, 그들이 보기에 다소 섣부른 측면도 있을지 모른다. 그러나 씬을 둘러싼 주변에서도 다양한 의견들이 생산되는 것은 좋은 일이라는 생각이 든다. 이런 의견들이 모여 씬에 새로운 길과 방향이 모색된다면 그 또한 좋은 일이다. 우리의 작은 노력이 그런 일에 조금이라도 보탬이 된다면 더없이 뿌듯할 것이다.

고마운 사람들이 많다. '시켜서하는tv'가 힙합 리뷰 영상을 처음 업로드했을 때부터 응원을 아끼지 않았던 유튜버 흔한 센충이 님, 자신들의 곡 리뷰에 대해 인스타그램을 통해 샤라웃해줬던 많은 뮤지션들에게 고마움을 전한다. 특히 영상에 직접 댓글까지 달아준 pH-1님에게도 지면을 빌려 다시 한번 고마움을 전한다. '시켜서하는tv'가 지금까지 존재할 수 있었던 건 무엇보다 구독자들 덕이 크다. 영상에 댓글을 달고 때론 토론을 벌이고 추천곡 제안도 하며 채널을 활기차게 만들어줬다. 그들에게도 감사의 인사를 올린다.

내가 힙합을 통해 이전까지와는 전혀 다른 세계를 만나고, 또 그 세계에 공감했듯이, 독자들도 이 책이 다룬 힙합 곡들과 그 곡이 펼치는 세계에 공감할 수 있기를 바란다. 무엇보다 음악을 들어보기를 바란다. 우리가 쓴 글과 글에 다뤄진 음악 사이에서 독자들이 새로운 사유를 끌어낼 수 있다면, 글쓴이로서 그보다 행복한 일은 없을 것이다. 이 책이 독자들에게 가닿아 그런 방식으로 더욱 풍성해졌으면 좋겠다.

2023년 봄
김근

(DROP
THE

드랍

더

비트

BEAT) ;

(삶이라는 캔버스) ;

남피디

빈지노 - If I Die Tomorrow

오늘 밤이 만약 내게 주어진
돛대와 같다면 what should I do with
this?
Mmmm maybe
지나온 나날들을 시원하게 훑겠지
스물여섯 컷의 흑백 film
내 머릿속의 스케치
원하든 말든 메모리들이
비 오듯 쏟아지겠지
엄마의 피에 젖어 태어나고 내가 처음
배웠던 언어
부터 낯선 나라 위에 떨어져 별다른
노력 없이 배웠던 영어
나의 아버지에 대한 혐오와 나의 새아버

지에 대한 나의 존경
갑자기 떠오른 표현 life's like 오렌지색
의 터널

If I die tomorrow
If I die, die, die

고개를 45도 기울여
담배 연기와 함께 품은 기억력
추억을 소리처럼 키우면
눈을 감아도 보이는 theater
시간은 유연하게 휘어져
과거로 스프링처럼 이어져
아주 작고 작았던 미니어처

시절을 떠올리는 건 껌처럼 쉬워져
빨주노초 물감을 덜어 하얀색 종이 위를
총처럼 겨눴던
어린 화가의 경력은 뜬금없게도 힙합에
눈이 멀어
멈춰버렸지만 전혀 두렵지 않았어
cuz I didn't give a fuck
About 남의 시선 cause life is like 나
홀로 걸어가는 터널

If I die tomorrow
If I die, die, die

내게도 마지막 호흡이 주어지겠지
마라톤이 끝나면 끈이 끊어지듯이
당연시 여겼던 아침 아홉시의 해와
음악에 몰두하던 밤들로부터 fade out
Marlboro와 함께 탄 내 이십대의 생활
내 생에 마지막 여자와의 애정의 행각
책상 위에 놓인 1,800원짜리 펜과
내가 세상에 내놓은 내 노래가 가진 색깔
까지 모두 다 다시는 못 볼 것 같아
삶이란 게 좀 지겹긴 해도 좋은 건가 봐
엄마, don't worry bout me, ma
엄마 입장에서 아들의 죽음은 도둑 같겠
지만
I'll be always in your heart, 영원히
I'll be always in your heart, 할머니

You don't have to miss me 난 이
노래 안에 있으니까
나의 목소리를 잊지 마

If I die tomorrow
If I die, die, die

;

영화 '블레이드 러너'는 1993년 작으로, 핵전쟁의 혼돈에 휩싸인 2019년을 그리고 있다. 식민지 행성에서 반란을 일으키고 지구에 잠입한 타이렐 사의 안드로이드를 추적하는 데커드(헤리슨 포드)와 자신이 안드로이드라는 사실을 모르는 레이첼(숀 영)이 마주하고 교감하며 벌어지게 되는 이야기다. 영화에서 레이첼은 자신을 안드로이드라고 의심하는 데커드에게 인간이라는 증거로 사진을 한 장 들이민다. 따사로운 햇볕이 비치는 시골 산장의 나무 계단에 어머니와 함께 있는 그녀의 어린 시절 사진. 하지만 이내 그녀가 "인간보다 인간적인"이라는 모토를 내세우는 타이렐사의 최신 안드로이드였고, 사진의 주인공은 타이렐 회장의 손녀였으며, 레이첼에게는 손녀의 기억이 이식되었다는 사실이 밝혀진다.

영화에서 인간과 안드로이드의 유일한 차이는 안드로이드는 기억과 수명이 5년 동안만 지속된다는 점이다. 하지만 동료의 죽음에 고통을 느끼는 '감정을 가진' 안드로이드를 퇴역시키는 (retired) 블레이드 러너, 데커드 역시 안드로이드였다고 감독 리들리 스콧이 후에 밝혔던 걸 생각해보면, 이 영화는 인간을 인간답게 만드는 조건에 대해 곱씹게 만든다. 과연 어떤 인간적인 특질이 인간을 인간으로 정의하는 것일까? 안드로이드가 기억을 통해 자신을 인간성을 가진, 혹은 영혼을 가진 존재로 느끼고 있다면 우리는 그들을 인간이라고 인정해야 하는 것은 아닐까?

인간은 기억이 연쇄적이고 총체적이며 인과적이라고 여긴다. 사실 엄밀히 말하면 기억은 연쇄적이지도 총체적이지도 인과적이지도 않다. 인간이 기억에 대해 이렇게 생각하는 이유는 그 기억이 자신의 자아 정체성을 형성한다고 믿기 때문이다. 그래서 기억은 인간에 의해 편집되고 왜곡되어 자아를 존립시키는 중요한 요소로 기능한다. 하지만 그러면 우리가 데이터라고만 여기는 안드로이드의 기억도 가짜라고 함부로 말할 수만은 없게 된다. 기억은 자신이 '사실이라고 믿는 삶의 내용'이다. 편집되고 때론 왜곡된 기억일지라도 그것이 믿음의 대상이라면 소중해진다. 심지어 우리는 생의 마지막 순간까지 그 기억들을 머릿속에서 영사한다. 생의 마지막 순간에 우리는 그중에 어떤 장면들을 간직하려 할까?

오늘 밤이 만약 내게 주어진

돛대와 같다면 what should I do with this?

Mmmm maybe

지나온 나날들을 시원하게 훑겠지

스물여섯 컷의 흑백 film

내 머릿속의 스케치

원하든 말든 메모리들이

비 오듯 쏟아지겠지

엄마의 피에 젖어 태어나고 내가 처음 배웠던 언어

부터 낯선 나라 위에 떨어져 별다른 노력 없이 배웠던

영어

나의 아버지에 대한 혐오와 나의 새아버지에 대한 나의

존경

갑자기 떠오른 표현 Life's like 오렌지색의 터널

　　인간이 자기 기억을 오래도록 남기기 위해 생각해낸 가장 인간적인 시도는 어쩌면 예술일지 모른다. 죽음을 앞둔 예술가라면 일생을 회고할 때 어떤 작품은 남기고, 어떤 작품은 불태우고 싶을 것이다. 그리고 마침내 소멸한 뒤에는 자신이 남겨놓은 작품으로만 기억될 수 있을 것이다. 빈지노의 'If I Die Tomorrow'는 바로 그런 기억들을 노래하고 있다. 그는 남들이 모두 잠든 새벽에 홀로 깨어 있다. 며칠째 첨삭해서 종이 위에 삐뚤빼뚤 쓰인 가사에 또

두 줄을 긋는다. 삭아버린 이어피스를 귀에 걸치고 마이크에 랩을 녹음하는 젊은 예술가는 온전히 창작에 몰두한다. 비트와 드럼이 깨워내는 내면의 소리에 귀 기울인다.

> 내게도 마지막 호흡이 주어지겠지
> 마라톤이 끝나면 끈이 끊어지듯이
> 당연시 여겼던 아침 아홉시의 해와
> 음악에 몰두하던 밤들로부터 fade out

내가 내일 죽는다는 가정만으로도 삶의 기억들은 흑백 필름처럼 되감기된다. 유독 다채롭고 생생하게 각인된 순간들이 펜 끝으로 모여든다. 그가 마지막까지 기억하고 싶은 장면들이다. 내 죽음이 가족과 연인에게는 어떤 영향을 미칠까? 사랑하는 이들에게 나는 어떤 존재였을까? 이런 질문들은 내 삶을 이끈 동기와 가치를 다시금 되새겨보게 한다. 역설적으로 죽음에 대한 노래를 부른다는 것은 열렬하게 삶을 불러일으키는 행위와 같다.

> Marlboro와 함께 탄 내 이십대의 생활
> 내 생에 마지막 여자와의 애정의 행각
> 책상 위에 놓인 1,800원짜리 펜과
> 내가 세상에 내놓은 내 노래가 가진 색깔
> 까지 모두 다 다시는 못 볼 것 같아

삶이란 게 좀 지겹긴 해도 좋은 건가 봐

　내일 당장 죽는다는 가정은 죽음을 향해 있기보다 삶의 또 다른 방향을 향해 있다고 할 수 있다. 지금 당장 죽는다고 하면 우리는 나도 모르게 일 분, 일 초가 간절하게 삶을 종합해 보게 된다. 이는 삶에 대한 강한 애착을 느끼게 만든다. 당연하게 여겼던 것들이 소중해지고, 가족들의 목소리가 그리워지고, 이전과는 다른 태도로 일상을 바라보게 된다. 그리고 세상이 나를 과연 기억해줄지, 만약 그렇다면 어떤 모습으로 기억하게 될지 궁금해질 것이다. 세상은 무엇보다도 화자가 보여준 마지막 순간들로 화자를 영원히 기억하게 될 것이다. 화자의 얼굴, 몸짓, 스타일, 예술, 사상에 대한 기억 말이다.

> 엄마, don't worry bout me, ma
> 엄마 입장에서 아들의 죽음은 도둑 같겠지만
> I'll be always in your heart, 영원히
> I'll be always in your heart, 할머니
> You don't have to miss me 난 이 노래 안에 있으니까
> 나의 목소리를 잊지 마

　기억은 유한한 인간의 삶에 대한 온전한 증거가 된다. 음악이 그것이라면, 나의 이야기가 선율과 가사를 통해 멀리 전송된다. 내

가 삶을 충실히 살았다면 그 충실한 기억을 누군가에게 물려줄 수 있을 것이다. 다르게 말하면 연기자에게는 영화나 드라마, 화가에게는 그림, 작가에게는 책이 대중들에게 외면당할 때, 그들은 잊히고 예술가로서 죽음에 이르게 된다. 그러니 예술가들은 삶에서 끝없이 망각이라는 죽음을 만나며 그 죽음을 극복하기 위해 부단히 애쓰며 삶을 헤쳐나가는 것이다.

이 노래의 화자처럼, 우리도 풀리지 않는 일상의 무수한 수수께끼들로 잠을 뒤척이다가도 해가 뜨고 날이 밝아오면 각자 삶의 무대로 나아간다. 우리는 일상에서 만나는 사람들, 그들과 함께하는 경험으로 기억의 골을 삶에 새긴다. 누군가의 꿈이 투영된 간접적인 기록도 삶의 기억을 구성할 수 있다. 이 곡의 가사에 드러나는 자아에 대한 고민, 자기 삶 자체가 사람들에게 사랑받길 바라는 욕망, 그의 음악이 가진 젊음은 그렇게 우리 마음에 스며든다.

예술가가 예술로 '잊히지 않음', 즉 '영원'을 추구하듯 예술의 향유자인 우리는 그 예술의 영원성을 향유하고 그것을 내 기억의 일부가 되게 함으로써 죽음을 극복한다. 예술에 감동하고 공감하며, 더 나아가 정서의 변화로 말미암아 오래도록 기억되는 예술은 인간을 꿈꾸며 살게 해왔다. 어쩌면 인간을 인간답게 만드는 것은 우리가 시시때때로 겪는 객관적이고 파편화된 사건 하나하나가 아니라, 음악, 미술, 이야기로 짜여 아름다운 의미와 가치로 번역된 '예술적 기억'일지 모르겠다. '블레이드 러너'에 등장하는 안드로이드들도 그런 '예술적 기억'을 담은 삶이라는 캔버스 몇 개를,

어쩌면 영혼이라 불러도 될지 모를 데이터베이스에 가지고 있었던 게 아닐까.

(아빠와 술 한잔하고 싶어) ;

김근

이센스 - The Anecdote

1996년 아버지를 잃은 아이
사랑 독차지한 막내 곁 떠나시던 날
믿기지 않고 꿈 같은 꿈이기를 바랐고
그다음 날 엎드린 나 푹 꺼지던 땅
기억해 아파트 계단 앞 모여준 내 친구들
힘내란 말이 내 앞에 힘없이 떨어지고
고맙고 하기도 이상한
나만 달라진 듯한 상황 받아들이기 복잡한
위로의 말 기도를 아마 그때 처음 했어
아빠가 다시 낚시터 데리고 가면 이제는
절대
지루한 티 안 낼게 3545 번호
주차장에 세워진 거 다시 보여줘
우리 가족 적어진 웃음 저녁 식탁에

모여 앉은 시간에 조용해지는 집 안
달그락거리는 설거지 소리
원래 그쯤엔 내가 아버지 구두를 닦아드
렸지
1,000원을 주셨지 구두는 엉망인데도
현관 앞엔 신발이 다섯에서 네 켤레로
우리 민호 이제 집에 하나 있는 남자네?
네가 엄마 지켜야지 빨리 커라 강하게

난 아들 아빠의 아들
그날이 아니었다면 내 삶은
지금하고 달랐을까
성격도 지금 나 같을까
난 아들 자랑스럽게

(23)

내 길을 걸어왔네
내 길을 걸어가네 내 길을 걸어가네

국민학교 4학년
내 도시락에 반찬을 같은 반 친구들하고
비교하네
얼마나 못 돼 빠진 일인지도 전혀 모르고
다른 거 좀 싸 달라면서 엄마를 조르고
새 옷 못 사고 언니 옷 물려 입던 작은누나
장녀인 큰 누나는 늘 전교에서 3등 안을
지켰지
자기가 엄마를 도와야 되니까
셋 중 제일 먼저 돈 벌 수 있는 게 자기일
테니까
누나들의 사춘기는 남들보다 몇 배 힘들
었을 거야
난 그걸 알긴 너무 어렸네
편모는 손들라던 선생님의 말에
실눈 뜨고 부끄러워 손도 못 든 난데
편모인 우리 엄마는 손가락이 아파
식당에 일하시면서 밀가루 반죽하느라
아빠도 없는 주제라고 쏴붙인 여자애 말에
아무 대답도 못 하고 가만있던 난데

난 아들 엄마의 아들
그날이 아니었다면 내 삶은
지금하고 달랐을까
성격도 지금 나 같을까

난 아들 자랑스럽게
내 길을 걸어왔네
내 길을 걸어가네 내 길을 걸어가네

안 버리고 그 자리 그대로 둔 아빠 책상엔
책이 가득해
돈이 없어 서울대를 못 갔대
퇴근 후에도 늦은 밤에 책상 앞에 계셔
난 어른이면 당연히 저러는 건가 했고
몇 가지 없는 기억
일요일이면 아버진 무릎 위에 날 올리
시고 내 때를 밀어
그 시간이 지루했었는데
냄새와 소리까지 기억하는 몇 안 되는
장면이네
혼자 가는 목욕탕 익숙해지고
열다섯 이후론 아버지 없다는 얘기도
먼저 꺼냈지
애들이 아빠 뭐하냐 묻기 전에
묻고 나서 당황하는 표정들이 싫었기에
어쩌면 아버지의 굽어가는 허리를
안 보고 살 테니 그거 하난 좋다 여기고
난 최고였던 아빠의 모습만 알고 있어
소원이 있다면 아빠와 술 한잔하고 싶어
지금 날 본다면
헤매던 이십대의 나를 보셨다면
이제는 결혼한 누나들의 가족사진을
본다면

아들과 딸들의 아들과 딸들을 본다면

난 아들 엄마와 아빠의 아들
그날이 아니었다면 내 삶은
지금하고 달랐을까
성격이 지금 나 같을까
난 아들 자랑스럽게
내 길을 걸어왔네
내 길을 걸어가네 내 길을 걸어가네

;

1996년 아버지를 잃은 아이

사랑 독차지한 막내 곁 떠나시던 날

믿기지 않고 꿈 같은 꿈이기를 바랬고

그다음 날 엎드린 나 푹 꺼지던 땅

기억해 아파트 계단 앞 모여준 내 친구들

힘내란 말이 내 앞에 힘없이 떨어지고

여기 민호라는 아이가 있다. 아빠를 잃은 게 실감 나지 않는다. 꿈만 같다. 차라리 꿈이었으면 하고 바란다. 아이는 아파트 계단 앞에 엎드려 슬픔을 삼키고 있다. 땅이 푹 꺼지는 것 같다. 친구들이 아파트 계단 앞까지 와 위로의 말을 건넸지만, 아무것도 들리지 않는다. 힘내란 말도 힘없이 아이 앞에 떨어지고 만다. 친구들은 모두 그대로인데 자신만 달라져버린 느낌. 친구들이 마냥 고맙기에는 아이의 마음은 너무 복잡하다.

'The Anecdote'의 도입부다. anecdote라는 단어는 '출판되지 않은 것'을 의미하는 희랍어에서 유래한 단어로, 현대에는 일화, 개인적 진술 등의 의미로 쓰인다. 이 노래 또한 화자가 아빠를 잃은 이후 일어난 감정과 부재의 흔적들을 개인적 차원에서 예민하게 포착하고 있다. 직접적으로 감정을 토로하지 않고도 "푹 꺼지던 땅"이라는 표현은 아이의 슬픔이 스스로 감당하기에 얼마나 무거운 감정인지를 효과적으로 잘 드러내고 있다. 우리가 이 노래에 쉽게 공감할 수 있는 것은 바로 이런 방식의 표현들 때문이다.

> 위로의 말 기도를 아마 그때 처음 했어
> 아빠가 다시 낚시터 데리고 가면 이제는 절대
> 지루한 티 안 낼께 3545 번호
> 주차장에 세워진 거 다시 보여줘

아빠의 부재는 주차장에 부재한 차의 "3545 번호"로 비로소 구체화된다. 늘 볼 수 있었던 아빠의 차량 번호는 원래는 신경 쓰지 않던 당연한 일상이었을 것이다. 그러나 이제는 더 이상 볼 수 없는 차량 번호는 아빠의 부재를 크게 실감하게 하는 요소로 작용한다. 아이는 그 빈자리에 기억을 더 끼워 넣는다. 아빠 차에 태워져 억지로 낚시에 끌려갔던 기억. 아이는 그때 아빠에게 지루한 티를 냈던 것을 후회하고 그러면서 아빠를 돌려달라는 불가능한 기도를 한다.

우리 가족 적어진 웃음 저녁 식탁에
모여 앉은 시간에 조용해지는 집 안
달그락거리는 설거지 소리
원래 그쯤엔 내가 아버지 구두를 닦아드렸지
1,000원을 주셨지 구두는 엉망인데도
현관 앞엔 신발이 다섯에서 네 켤레로
우리 민호 이제 집에 하나 있는 남자네?
네가 엄마 지켜야지 빨리 커라 강하게

이어지는 가사에서도 슬픔과 부재의 감각은 섬세하게 표현된다. "저녁 식탁에/모여 앉은 시간에 조용해지는 집 안/달그락거리는 설거지 소리"는 가족 모두가 침묵 속에서 가까스로 견뎌내고 있는 슬픔과 상실감을 잘 표현하고 있다. 모두 아빠의 죽음을 입 밖에 내뱉지 못하고 있지만, 그 침묵이 얼마나 격렬하게 슬픔을 말하고 있는지를 보여준다. 아이는 이 침묵 속에서 다시 기억 하나를 떠올린다. 아버지의 구두를 서툴게 닦아주었던 기억. 하지만 이제 아버지의 구두는 현관에 놓여 있지 않다. 어느새 "현관 앞엔 신발이 다섯에서 네 켤레로" 바뀌어 있다. 그렇게 아버지의 부재는 집

안 곳곳에 흔적을 남긴다.

아이는 아버지에게 구두를 닦아 건네주던 시간으로부터 선명하게 남아 있던 말 하나를 끄집어낸다. "우리 민호 이제 집에 하나 있는 남자네?/네가 엄마 지켜야지 빨리 커라 강하게". 아버지의 말이다. 뿌듯한 마음으로만 듣던 "니가 엄마 지켜야지"라는 말은 이제 아이의 어깨에 무겁게 얹힌다. 아이 뒤에 든든히 서 있던 아버지라는 배경은 이제 존재하지 않는 것이다. 'The Anecdote'의 벌스 1은 이렇게 구체적인 기억이 부재의 흔적과 교차하며 감수성 예민한 아이의 시선으로 전개되고 있다.

새 옷 못 사고 언니 옷 물려 입던 작은누나

장녀인 큰 누나는 늘 전교에서 3등 안을 지켰지

자기가 엄마를 도와야 되니까

셋 중 제일 먼저 돈 벌 수 있는 게 자기일 테니까

누나들의 사춘기는 남들보다 몇 배 힘들었을 거야

난 그걸 알긴 너무 어렸네

편모는 손들라던 선생님의 말에

실눈 뜨고 부끄러워 손도 못 든 난데

편모인 우리 엄마는 손가락이 아파

식당에 일하시면서 밀가루 반죽하느라

아빠도 없는 주제라고 쏴붙인 여자애 말에

아무 대답도 못 하고 가만있던 난데

벌스 1이 아버지가 세상을 떠난 직후의 시간을 그리고 있다면, 벌스 2는 가난을 아버지 없이 힘겹게 이겨나가는 가족의 처지를 풀어내고 있다. 늘 언니 옷을 물려 입어야 했던 둘째 누나와 책임감 때문에 늘 전교 3등 안을 지켰던 큰누나는 힘겹게 사춘기를 통과해갔다. 식당에서 일하는 엄마는 가족의 생계를 위해 손가락이 아픈데도 밀가루 반죽을 멈출 수 없었다. 도시락 반찬 투정하던 아이는 철이 없었지만, 학교에서 "편모는 손들라던" 차별의 시선이 두려워 더욱 소심해져만 갔다. 이 모든 광경이 아이의 내면에 얼마나 깊은 상처로 자리 잡았는지 충분히 짐작할 수 있다.

어쩌면 아버지의 굽어가는 허리를

안 보고 살 테니 그거 하난 좋다 여기고

난 최고였던 아빠의 모습만 알고 있어

소원이 있다면 아빠와 술 한잔하고 싶어

지금 날 본다면

헤매던 이십대의 나를 보셨다면

이제는 결혼한 누나들의 가족사진을 본다면

아들과 딸들의 아들과 딸들을 본다면

벌스 3은 성인이 된 화자의 시선으로 전개된다. 아빠의 책상에서 다시 아빠를 떠올리며 아빠가 목욕탕에서 때를 밀어주던 일요일의 냄새와 소리를 떠올린다. 친구들에게 아빠 없다던 소리를 먼저 꺼내던 청소년기를 지나 이제 그의 소원은 최고의 모습으로만 기억되는 아빠와 함께 술 한잔하는 것이다. 아빠가 "헤매던 이십대의 나를 보셨다면/이제는 결혼한 누나들의 가족사진을 본다면/아들과 딸들의 아들과 딸들을 본다면" 어땠을까 질문하며 벌스 3은 끝난다. "아들과 딸들의 아들과 딸들을"이라는 가사의 라임은 묘한 울림으로 잔상처럼 가슴에 오래 남는다. 화자가 지닌 상처와 삶의 지난함이 거기에 다 압축되어 있기라도 하듯.

> 난 아들 엄마와 아빠의 아들
> 그날이 아니었다면 내 삶은
> 지금하고 달랐을까
> 성격이 지금 나 같을까

이 곡에서 또 하나 인상적인 것은 하나의 벌스가 끝날 때마다 반복되는 훅이다. 벌스 1 다음에 이어지는 훅에서는 "난 아들 아빠의 아들/그날이 아니었다면 내 삶은/지금하고 달랐을까/성격도 지금 나 같을까/난 아들 자랑스럽게/내 길을 걸어왔네/내 길을 걸어가네 내 길을 걸어가네"라며 부재한 아빠의 아들이 느끼는 쓸쓸함이 강조된다.

벌스 2 다음에는 "난 아들 아빠의 아들"이 "엄마의 아들"이라고 변형되며 아버지 없이 가난한 집안의 아들이라는 책임감만이 그에게 남아 있는 것처럼 보인다. "내 길을 걸어가네 내 길을 걸어가네"라는 가사도 더 무겁게 느껴진다.

하지만 마지막 훅은 "난 아들 엄마와 아빠의 아들"이라는 가사로 변형되며 엄마와 아빠를 모두 껴안는 태도를 보여준다. 그 뒤에 나오는 "내 길을 걸어가네 내 길을 걸어가네"는 그가 겪어낸 슬픔을 뒤로하고 미래를 향해 걸어가는 모습 같다. 비로소 긴 애도의 시간이 끝나는 것이다.

'The Anecdote'는 2015년 발표된 이센스의 첫 번째 정규앨범 〈The Anecdote〉의 타이틀로, 이센스의 자전적 성장담을 담고 있다. 특유의 플로우와 탁한 목소리에 실린 남다른 감성, 섬세한 표현들이 청자를 사로잡는다. 자기연민에 빠지지 않는 담담함 덕분에, 누구든 그에게 이입하여 긴 성장의 시간을 함께한 듯한 기분에 휩싸이게 만든다. 말로 다 설명할 수 없을 만큼 복잡하게 마음을 움직이는 곡이다. 가사만으로는 부족하다. 직접 들어보지 않으면 느낄 수 없다. 다시 노래를 들어야 할 시간이다.

(한강에서 반짝이는 꿈의 윤슬);

김근

더 콰이엇 - 한강 gang megamix

(Feat. 장석훈, 창모, 쿠기, 수퍼비, 빈지노, 제네 더 질라)

Hey let's go to the 한강

Have a good time

Have a good time

Look at all this people

Stand in line in line

But I gotta get mine 한강 gang

Gotta get mine 한강 gang

Skippin' these lines 한강 gang

Have a good time

Have a good time

미세먼지 없는 날은 아까워 왠지

Chillin' with my homie

병언 한강 gang shit

Wing doors go up at the riverside

사람들이 핸드폰을 들고 찍어 날

Ay 광명에서 온 여의도민 rock star

Ay 연예인이라기보다도 악사

Ay 간장게장 is better than lobsters

난 이 세상에 나의 노래들로 낙서해

Basquiat Marriott

내 걱정 마 이건 내 인생이야 yea

Look at my watch yea

Look at my Rollie yea

성공했다면 네게 다가오는 놈을 멀리해

IF & Co ice rings yea

편의점 ice creams yea

섞어 입어 Didas Nike 아님

Bape n Supreme yea
한강 gangs don't care
About those thangs
We just out here
Puttin' in that work

Hey let's go to the 한강
Have a good time
Have a good time
Look at all this people
Stand in line in line
But I gotta get mine 한강 gang
Gotta get mine 한강 gang
Skippin' these lines 한강 gang
Have a good time
Have a good time

서울을 갈라놓는 한강,
동쪽 길을 따라
가다 보면 내가 자란 곳 있죠
스물 때 밤마다 자전거를 탔죠
물통 속에 막걸리 뚜껑 하나 땄죠
"나는 서울에 나갈래"
"존나 유명해질 테야"
돈 벌 시간 1 커버, 덕소 한강 해 질 때야
동쪽 따라 더 가면, 내 놈 도야 집이 나와
마을회관서 벤치프레스, 돈 아끼는 길
이야

여전히 내 목표는 광장동 강변의 집이야
녹음하는 곳 여의도 강변 사장님네야
한강 속엔 나의 추억이 섞여 이를테면
나의
학창시절 여친과의 포옹,
정말 풋풋한 그런 거지
한강변에서
나랑 사장님과 병언 씨 앉아 있어
축복 받은 삶에 정말 감사해
서울 중간에 강 놔준 god,
사랑해 돈 벌어 ay

하하 요즘에 난 바빠 콰형
창모랑 또 난 TV에도 나와
전화 걸어 나와 도착하지 한강
오랜만에 한잔
너무 할 말이 많아 내 나이
어느덧 스물대여섯 살
아직 끌려 스테이크보단 생삼겹살
바람 불어 it's a vibe Ty Dolla $ign
한강 비춰 조명 대신 우뚝 서 있는
아파트에 사는 게 꿈이었던
꼬맹이는 어디에
한강이 바다라면 그 위에 떠다닐래
흐르는 물에 때가 탄 내 몸을 씻을래
내 친구들 모두 다 잘되기를 기도해

Hey let's go to the 한강
Have a good time
Have a good time
Look at all this people
Stand in line in line
But I gotta get mine 한강 gang
Gotta get mine 한강 gang
Skippin' these lines 한강 gang
Have a good time
Have a good time

Q의 Marriott, 건너편에 마포 도화
같은 한강을 마주 보며 we gang gang
Yng & Rich life never going back
again
Gold 그리고 ice Dok2 Jay Park Q
국힙 내가 4번째 uh
Coogie도 돈 벌어 ay
Mo도 마포 녀석 ay
돈 얘기를 너무 많이 해
지폐 냄새 나 입 냄새에선 yeah
그래서 kiss 했어 그녀랑 한강에서
Cuz she needs money yeah
손가락에 끼워줄게 that Cartier
이 날씨처럼 얼 거야 손목 가리개
이제 내 삶은 lit돼 잘 안 가 이태원
노는 것도 질려 또 난 없어 쉴 새 새
So let's go to the 한강

Have a good time
Have a good time yeah
오데마 시계 Bust Down
곧 사 곧 사

한강 눈에 비친 서울은 리빌딩
올림픽 대로는 터질 듯이 막혀 Siri
Play me something chill
It's 6pm 노을 빛은 핑크색
도로 위에 줄 지은 빨간색 실
I'm stressing out
I was stressing out
못 가 제시간에
하지만 괜찮아
남보다 느린 대신에
사고만 안 나면 됐잖아
Back when I was in 철원
그 느린 시간도 때웠잖아
Man fuck time 나는 벽 타듯이
시간을 넘어왔다 이걸 너가 모른다면
난 너랑 할 말 없다
드디어 봄날 옴
고마워 기다려줘서 날
Still having good time

오늘 밤엔 마음이 싱숭생숭
내가 사는 도시는 매일 빙글 뱅글
요 너무 요란해 저 빈 수레들

난 작은 평화가 필요해

서울 빌딩 숲 한가운데 한강이 있네

우린 가만히 앉아 상상하지 내일

한마음이 돼서 내가 한마디 하면

너도 한마디 해 예에

하늘엔 별이 반짝 우린 막걸리 한잔

하고 해가 뜨는 걸 봤잖아 예

우리도 머지않았어 저 빌딩 한가운데

내가 보이는 거 같은데

한강처럼 계속 흐르면 싶어 내 돈

한강 물 위에 비춰지는 많은 불빛

Wanna live like 한강 쉽게 말해서

한강처럼 flow fo 한강처럼 glow fo

Hey let's go to the 한강

Have a good time

Have a good time

Look at all this people

Stand in line in line

But I gotta get mine 한강 gang

Gotta get mine 한강 gang

Skippin' these lines 한강 gang

Have a good time

Have a good time

Baby glow forever

Ever and ever

;

더 콰이엇의 '한강 gang megamix'을 들으면 여의도 빌딩 모서리에 걸린 햇빛과 한강의 물결에 반사된 햇빛이 동시에 잔디밭에 둘러앉은 이들의 등을 달구는 풍경이 떠오른다. 너무 강한 빛이 이들의 실루엣을 침범해 번져 나오지만, 아랑곳없이 온 얼굴에 웃음을 머금고 서로 잔을 부딪치거나 친근하게 어깨를 두드리며 함께 가벼이 흔들린다. 이 환하기만 한 장면은 영원할 것 같다. 그들을 감싸는 건 햇빛이 아니라 밝게 빛나는 우정이다. 물론 영원한 건 없겠지만, 이 순간이 기억 속에서 영영 지워지지 않으리라는 예감 또한 찬란하다.

'한강 gang'은 원래 2018년 더 콰이엇의 정규 9집 〈glow forever〉의 타이틀곡으로 처음 발표됐다. 최초의 곡 '한강 gang'

에는 장석훈(벌스에 등장하는 '병언'은 장석훈의 이전 랩네임이다)과 창모가 참여했다가 '한강 gang remix'로 다시 만들어져 2019년 1월 〈Q Day Remixes〉 앨범에 수록되었다. '한강 gang remix'에는 원곡에 있던 창모가 빠지고 쿠기, 수퍼비, 제네 더 질라, 장석훈이 피처링에 참여했다. 이후 5월에 발매된 '한강 gang megamix'는 원곡과 리믹스곡을 합친 곡으로, 리믹스곡에서 빠졌던 창모의 벌스가 다시 들어오고 두 곡에는 없던 빈지노의 벌스가 더해졌다. 최종적으로는 장석훈, 창모, 쿠기, 수퍼비, 빈지노, 제네 더 질라가 이 곡에 참여했으니 그야말로 '메가'믹스다.

이 노래는 원래 더 콰이엇이 장석훈과 창모를 데리고 한강변에서 소소하게 한잔하다가 여기저기 전화해 후배들을 한 명씩 불러내는 과정을 그린다. 술자리는 점점 커지고, 각자의 이야기를 풀어내며 함께 어우러진다. 점점 기울어가는 햇빛과 주고받은 술잔에 얼굴들은 발그레해진다. 이는 장석훈의 부드러운 훅과 함께 다정한 장면으로 그려진다.

Hey let's go to the 한강

Have a good time

Have a good time

Look at all this people

Stand in line in line

But I gotta get mine 한강 gang

Gotta get mine 한강 gang

Skippin' these lines 한강 gang

Have a good time

Have a good time

　계속 이 훅을 흥얼거리면서 우리도 어느새 이 모임의 한 자리를 차지하고 그들의 이야기에 귀 기울이게 된다. 여기서 'gang'은 기존의 범죄 조직을 뜻하는 부정적인 의미보다는 모임, 패거리를 의미하는, 래퍼들 사이의 일종의 기믹[*]이다. 래퍼들은 느슨한 목소리로 가볍게, 감성적으로 풍경을 스케치하며 우리를 그 자리로 끌어들인다. 래퍼들은 한강에 관한 각자의 이야기를 풀어내면서 한강에 다채로운 의미들을 덧입힌다.

　더 콰이엇의 벌스에서 한강은 성공의 상징이다. "Chillin' with my homie 병언[내 친구 병언과 빈둥대]" 하려고, "미세먼지 없는 날"을 그냥 보내기 아까워 후배들과 느긋하게 시간을 보내러 한강에 나왔는데, 사람들이 핸드폰으로 자길 찍는다. 자신의 인기를 새삼 실감한다. 그는 한강 여의도 고급아파트(Marriott)에 살고 있다. 그가 소유한 고급 자가용이나 고급 시계 등이 성공의 상징물로 등장한다. 그러나 그는 도리어 그런 물질적 성공만 보고 다가오는 놈

---

[*]　gimmik, 작품에 대한 대중의 관심을 끌기 위해 사용하는 특이한 전략, 또는 그 전략에 이용되는 독특한 특징. 힙합씬에서는 아티스트가 작위적으로 구현한 이미지나 컨셉, 설정, 자아 등을 일컫는다.

들을 경계하라고 말한다. 그에겐 그 물질적 성공보다 자신이 어떤 태도로 음악을 해왔는지가 더 중요하다. "연예인이라기보다도 악사"라며 자기 정체성을 규정하고 "난 이 세상에 나의 노래들로 낙서해"라는 음악적 태도를 드러내 보인다. 이 가사 뒤에 바스키아*(Basquiat)가 뒤따라오는 걸 보면 바스키아의 낙서 그림처럼 음악으로 힙합씬의 흐름을 바꾸겠다는 의지가 읽히기도 한다. 그리고 함께 있는 후배들에게 말한다. "We just out here/Puttin' in that work [우린 그걸 하기 위해 여기 있는 거야]"라고. 음악이라는 중심을 놓아서는 안 된다고. 이는 한강에 모인 후배들에게 전하는 애정 어린 조언이기도 하다. 이제 한강은 성공뿐 아니라 변치 않고 흐르는 그의 음악적 여정이 형상화된 대상처럼 보인다.

창모는 같은 한강 줄기를 끼고 있는 자신의 고향 덕소를 언급한다. 돈을 아끼려고 마을회관에서 벤치프레스 운동을 하던 시절을 떠올린다. 학창시절 여자친구와 포옹하던 아련한 장소도 한강이다. 그런 풋풋했던 때를 지나 지금 사장님(더 콰이엇), 병언과 함께 바라보고 있는 한강은 꿈이 이뤄진 축복 같은 장소다.

쿠기에게 한강은 정화의 장소다. 그는 유명세가 따르는 바쁜 삶을 살고 있지만 "꼬맹이" 때의 순수한 마음을 떠올리며 한강에 "때가 탄 내 몸을 씻"겠다고 말한다. 슈퍼비는 돈과 성공에 매

---

* 장 미셸 바스키아(Jean Michel Basquiat), 미국의 낙서화가. 낙서, 인종주의, 해부학, 흑인 영웅, 만화, 자전적 이야기, 죽음 등의 주제를 다루어 충격적인 작품을 남겼다. 팝아트 계열의 천재적인 자유구상화가로서 지하철 등의 지저분한 낙서를 예술 차원으로 승화시켰다는 평가를 받는다.

진하는 삶을 꽤 유쾌하게 풀고 있다. "돈 얘기를 너무 많이 해/지폐 냄새 나"라는 가사나 한강에서 키스한 여성에 대해 "Cuz she needs money [왜냐면 걔는 돈이 필요하거든]"라고 말하는 가사에서는 그의 웃픈(웃기면서도 어쩐지 서글픈) 삶이 드러난다. 그럼에도 마음을 돌볼 틈 없이 "또 난 없어 쉴 새"와 같이 바쁜 삶을 살고 있다. 그는 "So let's go to the 한강"이라고 노래하며 작은 위안을 찾는다. 그럼에도 "오데마 시계 bust down/곧 사 곧 사"는 유쾌한 마무리다 (오데마피케 버스트다운은 명품 중 명품이다). 물질적 성공이 자기 삶을 씁쓸하게 만듦에도 불구하고 물질을 좇는 날것의 태도가 자기 성공의 근원임을 숨기지 않는 솔직함에, 술자리였다면 모두가 파안대소를 터뜨리지 않았을까 싶다.

빈지노는 올림픽대로의 교통 정체에 빗대어 삶의 태도를 이야기하고 있다. "못 가 제시간에/하지만 괜찮아/남보다 느린 대신에/사고만 안 나면 됐잖아"라는 태도로, "벽 타듯이" 힘겹게 "시간을 넘어왔"지만, 그 끝엔 "봄날"이 기다리고 있다. "고마워 기다려줘서 날"은 그러므로 여러 층위의 의미로 읽을 수 있다. 이 자리에 늦게 도착한 자신을 기다려준 동료들에게 전하는 고마움, 그리고 자신을 기다려준 인생의 봄날에 대한 고마움으로 말이다. 제네 더 질라는 이 노래가 불려지고 있는 한강변의 정서 자체를 드러낸다. 그에게 한강은 친구들이 서로 "우리도 머지않았어"라고 한마디씩 주고받으며 성공한 내일을 상상하는 장소이다. 그는 한강에 자기 바람을 싣는다. "Wanna live like 한강 [한강처럼 살고 싶어] 쉽게 말해서/

한강처럼 flow fo 한강처럼 glow fo [한강처럼 흐르고 한강처럼 빛나고 싶어]"

요컨대 이 노래에서 한강은 성공을 꿈꾸고, 삶을 차분히 돌아보고, 마음이 통하는 사람들을 만나 위안과 위로, 격려를 받는 장소다. 이들 없는 한강은 그저 도심을 흐르는 강일 뿐이다. 한강에 의미를 부여하는 자들은 희망을 품은 사람들이다. 그러거나 말거나 한강은 그 넓은 품으로 갖가지 사연들을 보듬어 어제도 오늘도 내일도 유유히 흘러간다. 한강은 늘 든든한 뒷배처럼 그 자리에 있다.

Baby glow forever [우리 영원히 반짝이길]
Ever and ever [영원히 영원히]

더 콰이엇이 마지막 아웃트로에서 한강에 모인 후배들과 그들의 이야기에 귀 기울이고 있는 리스너들에게 전하는 읊조림은 따뜻하다. 이 노래에서 더 콰이엇은 존경할 만한 품 넓은 선배처럼 보인다. 진심을 담아 조언과 격려를 해줄 선배가 있다는 것은 후배에게는 무척 복된 일일 것이다. 굳이 말이 오가지 않아도 느낄 수 있는 우정들 속에서라면 더더욱. 그런 우정은 어떤 삶의 힘겨움도 한강처럼 우직하게 버텨내는 힘이 될 테니까.

문득 그런 날이 있다. 사회적 관계로 얽힌 사람들 말고 그저 눈빛만으로 어, 하면 응, 할 수 있는 그런 친구들을 불러 가볍게 한잔하고 싶은 날. 일상의 시시콜콜함을 진지하게 말고 흘려버리듯 늘어놓거나 그땐 그랬네, 하면서 함께 지나왔던 추억의 보따리를 풀어놓고 싶은 날. 시간을 토막 내며 쫓기듯 살고 있을 때, 사는 일에 찌들어 낯빛도 영 우중충하기만 할 때, 한강에 친구들을 불러내면 좋겠다. 늦은 오후 해가 기울고 그림자가 점점 기울어지기 시작하고, 잔물결에 햇빛이 비쳐 온통 윤슬로 반짝이고 나도 잠시만 아주 잠시만 함께 반짝이고 싶을 때, 친구 녀석들의 얼굴이 세상과 함께 벌겋게 물들어가는 모습을 봐도 좋겠다. 그런 날을 삶에 끼워 넣을 수 있다면 늘 똑같기만 한 일상도 새롭게 다시 시작될 것이다.

(*PAID IN SOUL*) ;

남피디

던말릭 - Paid in seoul
(Feat. 우원재)

I'm that destiny Asian (Seoul!)
Who going right destination
I'm that destiny Asian (Seoul!)
Who going right destination
I'm that destiny Asian (Seoul!)
Who going right destination
I'm that destiny Asian (Seoul!)
Who going right destination

이제 웬만해선 놀랄 일은 없어진 듯해
덤덤하게 받아들이며 컸어 빨간색 데시벨
난 소음에 소음기 끼고 쏴
I hope that shot, make cash back
블랙넛만큼 되길 바래 사기캐 내 a.k.a

왜냠 딱 가진 만큼만 멋지고 편한 도시에
반대편은 딱해 혀를 찰 거거든 동시에
방공호는 반지하 방으로 바뀌어 아직 여긴
전쟁 중
살아남아 있는 아무개들 너와 나는 서울
깍쟁이 crew aye
차고 넘치는 아이폰 속 이모지 손에 들고
poker face
차가운 걸로 시키지 식히는 시간도 아깝기
때문에
급하게 때려 넣지 caffeine 회색은 우리의
위장 색
음악에 담아낸 미장센 심각한 적은 적어도
늘 긴박해

말해 정중하게 "좆까" 그래 그게 내 방식
맘에도 없는 말은 못 하지 허나 무례하진
않게
나에겐 꺼내지 말어 "솔까" 여태 거짓말
을 했니?
그게 네 맘에 안 듦 뭐 어쩔까 걍 지나가
말 아끼지
기분이 높아도 항상 low life 안 가 소문난
잔치
시간은 금인 걸 얘들은 몰라
왜냐면 바꿔 본 적 없으니
모인 내 영수증 거의 도서관
거기엔 많아 깨달음이
투기꾼처럼 원해 난 몽땅
That's how I'm paid in Seoul

I'm that destiny Asian (Seoul!)
Who going right destination
I'm that destiny Asian (Seoul!)
Who going right destination
I'm that destiny Asian (Seoul!)
Who going right destination
I'm that destiny Asian (Seoul!)
Who going right destination

Hatin' Seoul
But 내 등기부등본엔 용산구 서울 중간에
"우모순"으로 개명해야 될까 봐

머린 욕을 하지만 부동산에 눈 못 떼고
오글거리는 부자 상대 법을 다 배우고
능구렁이 담 넘듯 불러 Uber
When I go back 귀 막어 이어폰으로
아니 내 지금 정신 상태로
시발 어떻게 들어 힙합을
차는 또 더럽게 막히지 오우 우웩
그만 돌려 운전바를
기이한 도시야 혼잔 거 같다가도 던말릭이
연락을
한강이 그리는 수채화 서울처럼
We gonna blurry
경상도 경주 언저리
불국사 황리단거리
양아치 친구들의 소주방 안줏거리
가 된 내 기분은 뭐 GD지 거의
KTX 거진 두 시간 거리 눈 감고 패치
Version New Seoul-OS 방화벽 더 두
껍게

I'm that destiny Asian (Seoul!)
Who going right destination
I'm that destiny Asian (Seoul!)
Who going right destination
I'm that destiny Asian (Seoul!)
Who going right destination
I'm that destiny Asian (Seoul!)
Who going right destination

말해 정중하게 "좆까" 그래 그게 내 방식

맘에도 없는 말은 못 하지 허나 무례하진 않게

나에겐 꺼내지 말어 "솔까" 여태 거짓말을 했니?

그게 네 맘에 안 듦 뭐 어쩔까 걍 지나가 말 아끼지

기분이 높아도 항상 low life 안 가 소문난 잔치

시간은 금인 걸 얘들은 몰라

왜냐면 바꿔 본 적 없으니

모인 내 영수증 거의 도서관

거기엔 많아 깨달음이

투기꾼처럼 원해 난 몽땅

That's how I'm paid in Seoul

;

던말릭은 내가 좋아하는 래퍼다. 래퍼로서 랩핑, 라이밍* 등의 기술도 뛰어나지만, 그보다 벌스에서 드러나는 태도와 그의 목소리가 만들어내는 뉘앙스에 나는 더 끌린다. 그는 1집 〈선인장화〉를 거쳐 〈PAID IN SEOUL〉에 이르는 성숙의 시간 동안 많은 경험을 쌓아온 듯 보인다. 그가 도시의 모습을 관찰하고 도시에서 경험한 것들을 통해 얻어낸 삶의 철학은 흥미롭다. 무엇보다 그는 그중에서도 재미있는 관점들을 취사하여 전달하는 예민한 감각을 갖고 있다. 그의 목소리는 지극히 평범하다. 얇지도 둔탁하지도 않은, 적당히 불투명한 셀로판테이프 같다. 오히려 그래서 무엇을 실

---

* rhyming, 각운을 맞추는 기법

어 나르든 제 몫을 한다. 끊으려 하면 뚝뚝 잘 끊기지만 어디에 붙여도 잘 버텨서 쓰임새가 많은 그런 보컬이다.

이 곡과 앨범의 제목인 'PAID IN SEOUL'은 붐뱁* 라이밍의 전설 에릭 비 앤 라킴(Eric B & Rakim)의 앨범 〈Paid In Full〉을 오마주한 것이다. 앨범 커버에도 〈Paid In Full〉 LP 커버를 찾아볼 수 있다.

<blockquote>
난 소음에 소음기 끼고 쏴

I hope that shot, make cash back

블랙넛만큼 되길 바래 사기캐 내 a.k.a

왜냠 딱 가진 만큼만 멋지고 편한 도시에

반대편은 딱해 혀를 찰 거거든 동시에

방공호는 반지하 방으로 바뀌어 아직 여긴 전쟁 중
</blockquote>

화자는 "I'm that destiny Asian(Seoul!)/Who going right destination[제대로 된 목적지(서울)로 향하는/저 운명의 아시안이 바로 나]"이라고 나지막이 읊조리며 곡을 시작한다. 소란한 서울에서 "담담하게" 커온 화자는 오히려 소음에 다시 소음기를 끼고 되쏘면서 그 수고가 돈으로 돌아오기를 기대한다("I hope that shot, make cash back").

---

* boom bap, 힙합의 장르 중 하나이다. 둔탁하고 반복적인 드럼 비트가 유독 강조된 사운드를 특징으로 한다.

이 소음은 도시의 소음만을 의미하지는 않을 것이다. 힙합씬의 경쟁자들이 발표하는 신곡, 신보의 소음은 화자를 자극한다. 그러니 "소음기"는 그런 경쟁자들의 소음을 제압할 수 있는 화자만의 특별한 음악을 뜻한다.

> 왜냐 딱 가진 만큼만 멋지고 편한 도시에
> 반대편은 딱해 혀를 찰 거거든 동시에

　화자는 고도자본주의*의 논리로 구축된 도시의 속성을 잘 알고 있다. 누구나 가진 만큼만 멋지고 편한 도시 생활을 영위한다. 화자는 자신과 경제적으로 상반된 쪽에서 내려다보는 시선("반대편")을 의식하고 있다. 소비 행위는 나와 상대가 가진 힘(돈)을 쉽게 드러내고 비교할 수 있게 만든다. 자본주의 사회에서 돈은 곧 무기이다. 도시(시장)는 돈이라는 무기의 권능을 행사하는 전장이나 다름없다. 화자가 살고 있는 "반지하 방"도 "방공호"가 된다. 이 전쟁은 '돈을 벌기 위한 전쟁'이기도 하다. 삶의 터전이자 화자가 사랑하는 도시, 서울은 이 전쟁에서 번 돈을 다시 세금으로 징수한다. 화자는 자기 자신뿐 아니라 서울이라는 전장 자체를 부양하기 위해 자기만의 무기인 "소음기"를 제작한다.

---

* 경제체제로서의 자본주의가 역사상 완전한 형태를 갖추고 통일적 관련을 형성한 시기를 가리켜 W.좀바르트가 한 말로, '초기자본주의'에 상대되는 말이다.

살아남아 있는 아무개들 너와 나는 서울깍쟁이 crew aye

차고 넘치는 아이폰 속 이모지 손에 들고 poker face

차가운 걸로 시키지 식히는 시간도 아깝기 때문에

급하게 때려 넣지 caffeine 회색은 우리의 위장 색

음악에 담아낸 미장센 심각한 적은 적어도 늘 긴박해

자신만의 무기를 고안하여 살아남은 서울의 아무개들은 아이폰을 들고 포커페이스를 유지한 채 SNS에서 이모지를 남발한다. 뜨거운 아메리카노를 "식히는 시간도 아깝기 때문에" 차가운 아이스로 시켜서, 카페인을 "급하게 때려 넣"는다. 도시의 색을 닮은 "회색은 우리의 위장(僞裝) 색"이다. 카페인에 더럽혀진 위장(胃腸)의 색도 마찬가지다. 화자는 이 무한경쟁의 질서에 반항하는 젊음의 정신적 풍경을 음악에 미장센처럼 담아낸다. 미세먼지로 가득한 도시의 거리는 "심각한 적은 적어도 늘 긴박해"서 긴장을 늦출 수 없다.

말해 정중하게 "좆까" 그래 그게 내 방식

맘에도 없는 말은 못 하지 허나 무례하진 않게

나에겐 꺼내지 말어 "솔까" 여태 거짓말을 했니?

그게 네 맘에 안 듦 뭐 어쩔까 걍 지나가 말 아끼지

기분이 높아도 항상 low life 안 가 소문난 잔치

시간은 금인 걸 애들은 몰라

왜냐면 바꿔 본 적 없으니

모인 내 영수증 거의 도서관

거기엔 많아 깨달음이

투기꾼처럼 원해 난 몽땅

That's how I'm paid in Seoul [그게 내가 서울로부터 제값을
받아내는 방식]

벌스 1에서 화자가 삶의 조건들이 요구하는 준비물을 챙기고 있다면 벌스 2에서는 이런 상황에 대한 자기 철학과 태도를 밝힌다. "맘에도 없는 말은 못 하"고, "무례하진 않게" 단호하고도 정중하게 거절하는 게 화자의 방식이다. 그는 '솔직하게 까고 말해서'의 준말인 "솔까"를 경멸한다. 진정성은커녕 지금까지의 가식을 드러내는 표지일 뿐이다. "네 맘에 안 듦 뭐 어쩔까 걍 지나가 말 아끼지", 타인의 의견에 쓸데없이 체력을 소모할 필요가 없다. 삶의 태도가 서로 다름을 인정하고 내 앞에 주어진 것에 집중하는 일이 화자에게는 우선이다. "기분이 높아도 항상 low life [낮은 삶], 안 가 소문난 잔치 시간은 금인 걸 애들은 몰라 왜냐면 바꿔 본 적 없으니"라는 가사처럼, 화자는 도시의 환락에 큰 기대를 걸지 않는다. 낮지만 충분히 안온한 반지하에서, 누구에게나 공평하면서 황금만큼 가치 있는 시간을 확보하며 자기 일을 해낸다.

화자는 전쟁 같기만 하던 소비 행위에 대해서도 자기만의 철학을 세운다. "모인 내 영수증 거의 도서관/거기엔 많아 깨달음이"

라는 가사의 울림은 깊다. 영수증에는 날짜, 장소, 금액 등의 소비 기록이 찍힌다. 삶에 필요한 모든 재화가 거래되는 자본주의 사회에서 소비는 개인의 사회적, 문화적 배경을 드러낸다. 영수증을 다시 헤아리는 일은 자기 삶, 삶의 터전, 욕망을 성찰하는 일과 같다. 그러니 화자가 자본주의 도시 서울에 젊음과 꿈을 지불하고 얻게된("paid") 깨달음은 자본주의 세계에서의 생존 법칙이 아닌 진짜 자기를 발견하는 깨달음일 것이다.

훅이 반복된다. "Who going right destination [올바른 방향으로 가고 있는 자는 누구인가?]" 피처링에 참여한 우원재는 서울을 어떤 시선으로 보고 있을까?

> Hatin' seoul [서울 혐오하면서]
> But 내 등기부등본엔 용산구 서울 중간에
> "우모순"으로 개명해야 될까 봐
> 머린 욕을 하지만 부동산에 눈 못 떼고
> 오글거리는 부자 상대 법을 다 배우고
> 능구렁이 담 넘듯 불러 Uber
> When I go back 귀 막어 이어폰으로
> 아니 내 지금 정신 상태로
> 시발 어떻게 들어 힙합을

이 화자는 서울을 싫어하면서도 등기부등본을 떼면 주소지란에 서울의 중심부 용산구가 적혀 있다. 화자(우원재)는 자본력의 척도인 부동산 시세에 눈을 떼지 못하는 자신을 "우모순"으로 풍자한다. "부자 상대 법을 다 배우고/능구렁이 담 넘듯" 능숙하게 도시의 서비스인 Uber[우버]를 부르는 화자는 이 모순적 삶에서 자신이 유일하게 마음의 안식처로 생각한 힙합을 들으려 이어폰을 낀다. 하지만 도무지 지금의 정신 상태로는 저항정신에 뿌리를 둔 힙합을 듣기 힘들다.

> 기이한 도시야 혼잔 거 같다가도 던말릭이 연락을
> 한강이 그리는 수채화 서울처럼 We gonna blurry[우린 흐릿하게 흩어질래]
> 경상도 경주 언저리
> 불국사 황리단거리
> 양아치 친구들의 소주방 안줏거리
> 가 된 내 기분은 뭐 GD지 거의
> KTX 거진 두 시간 거리 눈 감고 패치
> Version New Seoul-OS 방화벽 더 두껍게

"기이한 도시에 혼자 사는 것"만 같이 느껴질 때, 던말릭에게 연락이 온다. 둘은 "한강이 그리는 수채화 서울"을 내다보며 소중한 우정을 나눈다. 이는 화자가 도시에서의 외로움을 극복하고 도시의 아름다움을 발견하는 방법이다. 화자는 자신의 고향인 "경상

도 경주 언저리/불국사 황리단거리"에서 양아치 친구들에게 거의 GD 급으로 추앙받지만, 그런 자신이 싫지도 좋지도 않다. 그런 호들갑에 잠시 부풀었다가 고향과는 "OS[운영체제]"가 완전히 다른 서울로 돌아오면 새로운 버전의 "방화벽"을 탑재하고 살아남을 방법을 찾아 골몰해야 하기 때문이다.

던말릭의 화자는 타인의 기준을 정중하게 거절하는 법을 익혔고, 영수증을 통해 도시와 나의 욕망을 성찰한다. 반면 우원재는 모순적인 자신을 외부와 단절시키는 법을 익혔다. 그는 친구들과 소통하고 관계를 형성하며 도시 생활의 압박감을 해소한다. 던말릭과 우원재가 서울에서 자신을 지키며 살아남기 위한 전략은 비슷한 듯 다르다. 서울에 살아가는 평범한 개인들과 비교해도 그러할 것이다. 그렇게 도시에서의 삶의 조건을 인정하며 자기와 도시의 괴리가 빚어내는 모순을 헤쳐나가는 것이다.

마지막 훅의 "That's how I'm paid in Seoul[그게 내가 서울로부터 제값을 받아내는 방식]"은, Seoul의 발음이 Soul(영혼)과 유사하기 때문에 마치 "That's how I'm paid in Soul"로도 들린다. 어쩌면 던말릭의 화자는 도시에서 살아남는 치열한 자기 단련을 통해 서울로부터 얻어내는 것보다 더 큰 가치를 이미 자기 영혼으로부터 얻어내고 있는 것은 아닐까?

(다시 삶을 연기하기 위하여);

김근

pH-1 - DRESSING ROOM
(prod. 모쿄)

거울을 보는 게 힘들 때가 있어 난
하지만 이런 나 조차도 make my mama proud
단정히 준비하고 문밖으로 나가 명품 가방 깊이 넣어둔
내 감정을 팔아 yeah, my life's a big drama
Sometimes it's "haha", sometimes it's sad
멋대로 살다 listen to what Simon says
남들이 세운 기준에 난 복종하고
일시적 사랑을 원해 인스타 소통하며
시간 아까워 shouldn't give nobody power
내 삶의 가치는 Eiffel Tower
곧게 위로 솟아 구름 위로 올라갈 듯이 참 높아
그 누구가 뭐라 하던 간에 근데 가끔 조바심에

뭘 입고 나갈지도 I don't really know anymore
(I'm stuck in the dressing room)
생각이 많아지고 I don't think I'm ready to go

Close the door, it might take a little
while for me
무슨 옷이 내게 맞는 건지
나는 몰라 같이 골라줘 pick it out for
me
Baby, baby

Married the game but I'm meddling
with money and the fame
Man, I shoulda signed a pre-nup
처음 느낀 감정은 이미 넘 희미해서 기억
하는 것조차
무의미한 지도 벌써 이-삼 년
I done changed a lot 나도 날 몰라
어쩜 타인이 더 잘 아는 듯해 나보다
앞에 거울을 아주 빤히 바라보고 나니
밀려오는 감정은 일으켰던 쓰나미
인기와 바꾼 내 영 money와 바꾼 내 혼
돌리고 싶다가도 또 지름길 앞에 자리한
내 몸
난 내가 좋았다 싫다 멋있게도 보였다가
밉게 보임을 반복
난 인정을 원해 그래서 변해 가끔 조바
심에

뭘 입고 나갈지도 I don't really know
anymore
(I'm stuck in the dressing room)

생각이 많아지고 I don't think I'm ready
to go

Close the door, it might take a little
while for me
무슨 옷이 내게 맞는 건지
나는 몰라 같이 골라줘 pick it out for
me
Baby, baby

In my dressing room, room, room,
room, ooh-ooh
In my dressing room, room, room,
room, ooh-ooh
In my dressing room, room, room,
room, ooh-ooh
In my dressing room

;

"누구나 삶을 연기한다" pH-1의 'DRESSING ROOM'을 듣고 떠오른 말이다. 가사에도 "my life's a big drama[내 삶은 한 편의 큰 드라마지]"라는 표현이 등장한다. 사실 흔한 말이다. 그럼에도 이 오래된 클리셰를 떠올릴 수밖에 없는 이유는 우리가 무의식의 차원에서든 의식의 차원에서든 그 말에 공감하기 때문이다. 문제는 이 연기하는 삶이 진짜 삶처럼 느껴지지 않을 때 발생한다. 자신의 삶이 가짜라는 화자의 각성은 연기하는 삶에 대한 회의로 이어진다.

　　　명품 가방 깊이 넣어둔
　　　내 감정을 팔아 yeah, my life's a big drama
　　　Sometimes it's "haha", sometimes it's sad[하하 즐겁기

도, 어떨 땐 슬프기도]

멋대로 살다 listen to what Simon says[시몬의 말씀을 들어]

남들이 세운 기준에 난 복종하고

일시적 사랑을 원해 인스타 소통하며

시간 아까워 shouldn't give nobody power[아무한테도
신경 안 쓸래]

화자는 '감정 팔이'에 진절머리가 난다. "haha"가 연기하는 감정이라면 "sad"는 그런 상황을 바라보는 자아의 숨겨진 감정을 드러낸다. "남들이 세운 기준"에 따라 연기할 수밖에 없는 감정에 회의가 든다. 하지만 화자는 "일시적 사랑"을 원하기도 한다. 이를 위해 SNS에서 소통을 시도하지만, 제대로 된 소통이 될 리가 없다. 화자도 그 사실을 너무나 잘 알고 있다. 기본적으로 SNS는 무대이다. 나도 연기하고 그들도 연기한다. 진짜 모습을 서로 확인하지는 못한다. 이런 상황에서는 진정한 소통은 물론이고 진정한 사랑 역시 불가능할 것이다.

노래가 들려오는 장소는 드레싱룸이다. 드레싱룸은 옷을 벗고 입으며 어쩔 수 없이 거울을 봐야 하는 장소이다. 거울은 적절한 옷을 갖춰 입고 연기를 하기 전에 나의 맨 모습과 마주할 수 있도록 만드는 도구이다. 그런데 거울을 통해서도 내가 나의 맨 모습을 발견할 수 없다면 어떨까? "거울을 보는 게 힘들 때가 있어 난"이라는 가사에서 우리는 거울 속에서 오직 타자의 욕망만을 되비

추는 나 자신을 발견한 화자의 절망을 엿볼 수 있다. 화자는 이 가짜 자아를 벗어던지고 싶다

"내 삶의 가치는 Eiffel Tower[에펠탑]/곧게 위로 솟아 구름 위로 올라갈 듯이 참 높아/그 누가 뭐라 하던 간에"에서 알 수 있듯 화자는 원래 자존감이 충만한 사람일 것이다. 그러나 지금 거울 속에는 이와 무관한 한 연기자가 나를 바라보고 있다. "이런 나조차도 make my mama proud[엄마가 자랑스러워 해]"에서 느껴지는 왜소함은 그런 삶에 소진된 자존감 혹은 가치의 상태를 보여주는 듯하다. 그런데 거울은 스스로 상상하는 자신을 비추는 도구이기도 하다. "내 삶의 가치는 Eiffel Tower"라고 말하는 나 또한 어쩌면 상상된 자신일 수 있다. 바람직한 사회적 관계는 '스스로가 상상하는 나'와 '타인의 욕망을 되비추는 나' 사이 어딘가에서 형성된다. 지금 화자의 문제는 바로 이 두 자아의 불일치이다.

옷은 기본적으로 타인에게 보여지는 요소이다. 세상에 나밖에 없다면 옷을 입을 필요는 없다. 알몸을 드러낼 때의 부끄러움에도 타자의 시선이 개입한다. 옷을 입는 것이 사회적 행위인 이유이다. 만약 모두가 옷을 입지 않는다면 어떨까? 그러면 사람들은 몸 자체에 서로의 욕망을 투영하기 시작할 것이다. 옷을 입지 않았어도 사회적 옷을 입은 것이나 다름없다. 우리가 사회적 존재인 한 우리는 옷에서 벗어날 수는 없다. 옷을 입고 그 옷에 맞는 삶을 연기해야 한다.

I done changed a lot [난 많이 바뀌었어] 나도 날 몰라

어쩜 타인이 더 잘 아는 듯해 나보다

앞에 거울을 아주 빤히 바라보고 나니

밀려오는 감정은 일으켰지 쓰나미

인기와 바꾼 내 영 money와 바꾼 내 혼

이미 많이 변해버린(옷을 많이 갈아입은) 자신에 대해 "나도 날 몰라/어쩜 타인이 더 잘 아는 듯해 나보다"라고 말하는 화자에게는 허무함이 느껴진다. 혹자는 이 허무함이 대중 예술가라면 필수적으로 감수해야 하는 감정이라고 생각할 수도 있겠다. 하지만 자아실현의 가능성이 없는 창작하는 삶은 몰가치한 껍데기처럼 느껴지기 마련이다. 화자가 찾고 싶은 것은 인기와 돈 때문에 잃어버린 껍데기 안의 내용물, 즉 '영혼'이다. 지금 화자는 중심을 잃고 영혼 없이 휘둘리는 삶의 무대에서 그만 벗어나고 싶다.

"무슨 옷이 내게 맞는 건지" 모를 때 우리는 어떻게 해야 할까. 그저 시간이 필요할 수도 있다("It might take a little while for me"). 일단 문을 닫고("Close the door") 거울을 더 들여다볼 수도 있겠다. 그런데 그게 꼭 혼자만의 시간일 필요는 없다. 화자는 훅에서 "같이 골라줘"라고 말한다.

가장 인상적인 가사다. 화자는 입을 옷을 함께 고민해줄 누군가를 불러내고 있다. "같이"라는 말에는 타자뿐 아니라 나도 포함된다. 이 훅에는 내 주체성을 훼손하지 않으면서 함께 소통해줄 누

군가를 찾는 간절함이 담겨 있다. 나를 잘 알고 믿어주는, 내가 신뢰할 만한 사람이 단 한 사람이라도 곁에 있다면 그는 정체성의 중심을 지키면서도 자신에게 알맞은 옷을 더 잘 골라 입을 수 있을 것이다.

누구나 무대 의상을 수시로 바꿔 입으며 삶의 배역에 몰입한 채 살아간다. 이때 우리에게 지난하게 요청되는 일은 '내가 상상하는 자아'와 '타자의 욕망을 되비추는 나' 사이에서의 균형잡기이다. 그 과정에서 함께 삶에 대해 고민해줄 이들 덕분에 우리는 삶이라는 "big drama"를 멋지게 완성해낼 수 있을 것이다.

팝과 힙합의 교집합 | 남피디
pH-1 2집 〈BUT FOR NOW LEAVE ME ALONE〉

2022년 내 플레이리스트에 가장 오래 머물렀던 힙합 앨범은 pH-1의 〈BUT FOR NOW LEAVE ME ALONE〉이다. pH-1은 나에게 힙합 앨범을 처음부터 끝까지 듣는 습관을 만들어준 래퍼다. 혹자는 pH-1의 음악에서 특별한 힙합적 매력을 발견하기 힘들다고 할지 모른다. 하지만 이센스의 〈이방인〉이나, 씨잼의 〈갠〉 같은 앨범을 가벼운 마음으로 매일 반복해서 듣기란 상당히 힘들다는 측면에서 pH-1 음악의 고유한 매력과 포지션은 분명 존재한다. 매일같이 재생되는 일상의 BGM으로 그의 음악은 유효하다는 점을 상기시키고 싶다. 이런 대중성으로 인해 pH-1의 음악을 지금 쏟아져 나오는 힙합 앨범들의 대중적 설득력과 완성도를 가늠하는 척도로 삼을 수도 있을 것이다.

2019년에 그의 1집인 〈HALO〉를 듣고 받았던 강렬한 인상은 대략 이렇다. '아! 이런 게 요즘 사운드구나!' 그 후 2017년에 발매된 EP 〈The Island Kid〉, EP 성격이 두드러진 싱글 앨범 〈Summer Episodes〉와 믹스테입 〈X〉까지 꾸준히 챙겨 들었다. 이 앨범들에

두루 참여한 모쿄(예전 활동명은 Thurxday)의 프로듀싱은 상당히 인상적이다. 비슷한 시기에 모쿄의 'Something', 'Daddy' 같은 곡들에 큰 충격을 받고 도대체 이런 음악을 만드는 아티스트가 누구인지 찾아보다가 그 관심이 pH-1으로 옮겨왔음을 밝힌다.

pH-1의 가장 두드러지는 자질은 편안하고 근사한 보이스라고 할 수 있다. 접근성 좋은, 새로운 세대의 감성에 충실히 호응하는 정서가 묻어 있다. 그는 때론 화려하게 랩을 뱉을 줄 알지만, 정반대의 것도 할 수 있을 정도로 변화무쌍해서 어떤 비트에도 안정적인 퍼포먼스를 보여준다. 발라드 템포에서도 훅과 랩을 조화롭게 운용할 수 있는 퍼포머로서 타고난 대중적 친화력을 보여준다. 하지만 방송 출연 이후 싱잉 래퍼로 굳어진 대중적 이미지는 다소 부당하다는 생각도 든다. 그럼에도 pH-1은 현재 힙합씬에서 가장 믿음이 가는 아티스트다.

〈BUT FOR NOW LEAVE ME ALONE〉은 기존의 모쿄가 프로듀싱한 역동적이고, 다양한 레이어를 입힌 풍부한 사운드에서 벗어나, 한결 가볍고 세련된 미니멀 감성의 힙합을 표방한다. 흑백의 커버 이미지도 정적인 느낌이다. 쉽게 규정할 수 없는 요즘 힙합의 캐치한 느낌을 가장 잘 보여주고 있다. 사운드가 급진적이거나 실험적이진 않지만, 아티스트적 자아의 혼란, 방황, 사랑에 대한 다양한 감정을 세련된 대중성으로 풀어냈다.

첫 번째 트랙 'ZOMBIE'는 가볍게 환기하는 듯한 비트에 여유로운 싱잉과 랩이 조화된 트랙으로 중독성 있는 훅이 청자의 귀를 사로잡는다. 가벼운 파티 음악으로도 어울리면서도 묘한 여운을 주는 담백함이 있다. 이어지는 트랙 'TGIF'는 pH-1의 장기인, 미디엄 템포의 힙한 비트에 지금 현실을 즐기는 자의 여유로움을 충만하게 표현한 곡이다. 조금은 덜 빡세게, 대화하듯 랩을 뱉으며 여유롭게 첫 곡의 잔잔한 흥미를 이어간다.

'YUPPIE TING(Feat. 블라세)'은 화자가 라이프스타일의 변화 속에서 지금 내 옆에 있는 누군가에게 느끼는 괴리감을 씁쓸하게 상기시키는 곡이다. 블라세의 차분한 박자감과 pH-1의 훅이 조화를 이루며 정제된 드릴 비트에 도시적인 감각을 잘 섞은 곡이다. 세련된 마무리가 두드러진 특유의 그루브가 매력적인 'TIPSY'는 적당히 알딸딸한 레이백에 주저하듯 툭툭 던지는 랩으로 이뤄진 곡이다. 이전 곡의 박자감을 잡아주면서 밀당의 아슬아슬함과 감정이 소용돌이치는 후반부가 완결성을 주는 곡이다.

'MR. BAD(Feat. 우원재)'는 앞선 곡들보다 적당히 냉철해진 화자가 등장해, 미드 템포 비트 위에서 다양한 퍼포먼스를 보여주는 곡이다. 전체적으로 다소 위악적이기는 하지만 피처링으로 참여한 우원재 특유의 심드렁한 랩이 더해지면서 나쁜 남자를 연출하는 곡의 분위기나 사운드가 효과적으로 구축되었다.

한결 가벼워진 비트의 'JULIETTE!(Feat. 우미)'은 이 앨범에서 'RUN AWAY'와 함께 가장 소품 같은 곡이다. 《로미오와 줄리엣》처럼 첫사랑의 아련함을 실어나른다. 도입부의 간절한 싱잉과 애드립이 간소한 비트 사이사이에 여운을 남기며 멜랑콜리를 효과적으로 전달하고 있다. 특유의 여운 때문에 멜로디가 계속 맴돌아서 'ISSUE(Feat. 팔로알토)'와 함께 가장 많이 재생하게 되는 트랙이다.

'RUN AWAY'는 다소 평범한 연출이 아쉬운 곡이다. 사랑하는 이에게 모자란 심정을 노래한다는 진부함과 감흥을 일으키지 못하는 템포 때문에 조금은 흘려듣게 된다. 지나친 자기 비하로 인한 감정 소모가 효과적인지는 의문이다. 2020년의 싱글, 'Nerdy Love(Feat. 백예린)'까지 이어진 pH-1의 소심한 집돌이 캐릭터가 매너리즘을 드러내고 있진 않나 점검해보게 된다.

'DEAD GIRL'은 어쿠스틱한 기타 리프 위에서 관계가 종말에 치닫게 된 연인 앞에 선 자가 독백하는 곡이다. 아무리 크게 말해도 결국 연인에게 닿지 못할 것이란 절규와 소외감이 잔잔하게 남아 메아리처럼 울린다. 마침내 관계의 단절은 'SHRINK TOLD ME(Feat. 모쿄)'에서 정신과 주치의에게 토로하는 분열적 자아의 호소로 이어진다.

"My shrink told me that too much honesty's a poison/ She also told me that my mind's a big prison/With no light passing, an opaque prism [내 주치의는 지나친 정직함은 독이라고 말했어, 또 내 마음이 빛도 통과하지 않은 커다랗고 불투명한 프리즘 감옥 같다고]" 이후 모쿄가 타이트한 랩으로 이어받으며, 사랑이라는 감정의 실체와 실패에 대한 토로를 이어간다. 다소 부정적인 결말이다. 희망을 거두는 것이 나을지 모르겠다("My shrink told me/My last hope's to off it")는 말로 이 고백은 끝나지만, 결국은 희망의 중요함을 역설하는 것처럼 들린다.

몽환적인 레이어로 겹겹이 연출되는 모쿄 특유의 훅이 반가웠다.

다음 트랙 'ISSUES(Feat. 팔로알토)'의 화자는 주치의와의 상담에도 해소되지 않는 내면의 문제를 가지고 있다. 화자는 매일 새로운 사건을 보도하는 신문처럼 자신이 내면의 문제들에 항상 노출될 것이라 시인하면서도 스스로를 위로한다. 이 곡이 자기중심성에서 벗어나 주변을 돌아보게 하는 트랙이라면, 다음 트랙 'BREAK THE GLASS'는 유리 술잔을 깨듯, 내 모습에 반영된 너의 거울을 깨부숴야 한다고 말한다. 그리하여 이들은 '마지막 싸움(Feat. 로스)'을 준비한다. 이는 지금까지 감정들을 모조리 꺼내 한바탕 들이붓고 다음으로 넘어가기 위한 필수과정이다. 한바탕 싸우고 정리하는 단계다. 이 앨범에서 가장 흥미로웠던 곡이다. 로스는 자기 개성과 색깔을 유지하며 단정한 pH-1의 정서와 이질감 없이 잘 섞여든다. 이 게임에서 승자가 되는 것은 중요치 않다는 연극적 중얼거림을 로스의 랩이 잘 보여준다.

〈BUT FOR NOW LEAVE ME ALONE〉의 타이틀은 '하지만 지금은 저를 내버려 두세요'로 해석된다. 이 앨범은 물질적 성취의 부산물로 따라온 환락과 파티의 여흥에서 취했다 깨어난 자아가 자기 안의 부정성과 소모적인 관계를 직시하고, 외부의 도움을 받아 때로는 혼자, 그리고 같이 그 감정의 잔해에서 벗어나는 서사를 보여주고 있다.

앨범의 마지막 트랙 '배'는 그간의 이야기들을 싣고 같이 타고 온 줄 알았던 배가 "부서진 배"였음을 통감하며, "어디론가 흘러가는 배"로 암시되는 불확실한 미래를 말하고 있다. 하지만 결국 각자의 길을 가는 게 자연스러운 일임을 인식하는 것이 이 여정의 교훈이라는 점을 명확히 한다. 뒤집히지 않고 물살을 거슬러 항해하는 배는 새로운 여정과 새로운 항로를 따라 다시 흘러갈 것이다. 화자가 배 위에서 휘청거리지만 바로 설 수 있는 이유를 가족에서 발견하는 흐름은 자연스럽다.

이 앨범은 다양한 프로듀서들의 손길이 닿아 있음에도 전체적으론 일관된 사운드를 들려주고 있다. 한국보단 해외의 팬들에게 더 사랑을 받을 수도 있겠다는 생각도 든다. pH-1은 국내 시장을 넘어서 가장 세계적이면서도 가장 한국적인 동세대 아티스트로 보인다. 이전까지 앨범들이 한국 힙합씬에서 pH-1의 역량을 뽐냈던 결과물이라면, 이번 앨범은 팝적이며 트렌디한 힙합 비트들을 pH-1만의 필터로 응축시킨 결과물이다. 트렌드를 예리하게 읽어내어 프로듀서들과 협업의 형태로 잘 정리한 앨범. pH-1이란 팔레트에 다양한 음악이 잘 섞여서 세련된 파스텔 색조가 나타난다. pH-1은 앞으로 또 어떤 색의 음악을 리스너들에게 들려줄까. 더욱 다채로워질 pH-1의 모습이 기대된다.

(팬데믹이 만들어낸 아이러니) ;

김근

우원재 - 우리

너무 오랜만이라 걱정이지만
I'm good
Okay
끈질기게 미행하는 시간은
내 못된 사생팬
친구들은 물어
요즘 잘 지내?
쉽게 답 못해
반복되는 하루들이
쌓여 일 년 반이
이거 환불 못해
KF94 천 쪼가리는 가려
표정을 안 봐도 돼
원래 했던 거리두긴

이제 대통령 핑계를 대면 돼
마이크는 벌써 녹슬어서
침을 발라 놔야겠어
넷플릭스 다 봤어
고물이 돼버린 아이패드

Yes sir
I have to be patient but another day
I'm good I'm okay 괜찮아 우린 꽤
We okay now
Okay now
Yes sir
I have to be patient but another day
I'm good I'm okay 괜찮아 우린 꽤

We okay now

Okay now

Okay now

Yes I don't wanna be okay

참을 만큼 참은 듯해

이건 너무 위험해

아무도 괜찮단 말을 못해

깰게 분위기를

잘 check해 너넨 뒤를

Yup 무료하고 따분해

세상 모든 게 다 싫음

이런 부정적인 애는 멀리하란 말에

나는 손가락을 위루

꿈 깨란 말은 꿈 깼지

반등이 없는 나의 기분

미안한데 없을 거야 나를 흰색 고글 끼고

만날 일은

메타버스 NFT 꼰대 소리 나게 싫음

Yes sir

I have to be patient but another day

I'm good I'm okay 괜찮아 우린 꽤

We okay now

Okay now

Yes sir

I have to be patient but another day

I'm good I'm okay 괜찮아 우린 꽤

We okay now

;

코로나19 팬데믹은 무려 3년 동안이나 지속되었다. 세상은 변했다. 당연하게 여겨지던 것들은 더 이상 당연하지 않게 되었다. 우리는 옛날 SF 영화에서 보았던 디스토피아적 미래를 살았다. 아직도 실감이 나지 않는다. 드디어 엔데믹이 찾아왔으나 우리는 아직도 이 삶에 적응 중이다. 이 혼란은 그 전의 삶에 대한 강한 그리움과 낯선 삶에 대한 내적 저항 사이에서 벌어진다. 이후의 세상은 잘 그려지지 않는다. 당연했던 이전의 삶으로 다시 돌아가지 못하리라 생각하면 절망적이다. 앞으로 어떻게 살아가야 할까.

너무 오랜만이라 걱정이지만
I'm good

Okay

끈질기게 미행하는 시간은

내 못된 사생팬

친구들은 물어

요즘 잘 지내?

쉽게 답 못해

　　우원재 '우리'는 팬데믹의 일상과 그 일상에 대한 감정을 건조하게 풀어내고 있다. 차분한 싱잉은 일상의 세세한 요소들에 감성을 입히며 말하고자 하는 바를 드러낸다. 벌스 1은 우리의 현재를 감각적으로 규정하며 시작된다. 화자는 자신의 현재를 "못된 사생팬"처럼 "끈질기게 미행하는 시간"이라고 규정한다. 화자는 이 감시와 통제 속에서 억압을 느낀다. 팬데믹 상황에서 우리는 거리두기와 마스크 쓰기라는 의무를 짊어지게 되었다. 우리는 개인과 공동체를 보호하기 위해 국가의 감시와 통제를 기꺼이 받아들였다. 하지만 그보다 우리를 더욱 답답하게 만드는 것은 이 전 국가적 억압으로도 통제할 수 없는 '어쩔 수 없음'이다.

　　"I'm good, okay"라고 화자는 말하지만, "요즘 잘 지내?"에 대한 숨겨진 대답은 "쉽게 답 못해"일 수밖에 없다. 상황은 달라지지 않고 하루는 반복되고 집 안에 틀어박혀 할 수 있는 거라고 넷플릭스를 보는 일뿐이다. 그 덕에 아이패드는 고물이 됐다. "마이크는 벌써 녹슬어서/침을 발라 놔야겠어"라는 가사에서 공연을 하지 못

하는 시간들이 그려진다. 공연예술가에게는 절망적인 현실이 아닐 수 없다.

　이건 비단 그의 문제만은 아니다. 공교롭게도 시인인 나는 팬데믹 초기부터 한국문화예술위원회 현장소통소위원회 민간위원으로 참여하게 되었다. 현장소통소위원회 게시판을 통해 다양한 민원이 접수되었는데 그중 많은 비중을 차지하는 게 팬데믹으로 공연예술가들이 현장에서 겪는 어려움을 성토하는 글이었다. 지원받은 공연을 제대로 무대에 올릴 수 없는 경우가 많았고 그에 따른 경제적·정신적 어려움을 호소했다.

　공연예술가들뿐 아니라 다른 분야의 예술가들도 사정은 비슷했다. 나 역시 그랬다. 민간위원으로 활동하는 동안 오프라인 회의를 한 게 손으로 꼽을 정도였다. 시 강의 역시 라이브 영상으로 진행하거나 동영상으로 녹화해 업로드해야 하는 일이 계속되었다. 글쓰기야 혼자서 할 수 있는 일이었지만, 학생들을 만나고 그들의 표정을 보며 서로 피드백을 주고받는 일은 영영 불가능할 것만 같았다. 문학계의 모임도 아예 없어졌고, 얼굴을 마주 보고 소통하는 일이 다시 가능하기나 할지 요원하기만 했다. 돌아갈 수 있을까, 혼잣말을 되뇌는 일이 잦았다.

　"KF94 천 쪼가리는 가려/표정을 안 봐도 돼/원래 했던 거리 두긴/이제 대통령 핑계를 대면 돼"라고 적은 가사는 팬데믹 이전에 화자의 삶이 어땠는지를 보여준다. 화자는 이전에도 사람들의 표정을 보는 걸 꺼리고 사람과 거리를 뒀었나 보다. 이젠 그런 습

관들에 대해 누가 뭐라고 지적하면 마스크나 대통령 핑계를 대면 된다. 짐짓 '그래 잘 됐어. 원래 그랬는데 뭘'이라고 하는 것처럼 느껴지지만 코로나19 팬데믹 이전과 이후는 엄연히 다르다. 자의적이냐 강제적이냐의 차이가 있기 때문이다. 실은 나도 그렇게 사람을 즐겨 만나지는 않았다. 그러나 만나고 싶은 사람을 원할 때 만나지 못한다는 사실은 나를 점점 참을 수 없는 감정으로 몰아가곤 했다. 화자처럼 자조 섞인 반어적 저항으로 버티는 나날이었다. "I'm good, okay"로 돌아가 보면 이 말이 얼마나 많은 아이러니를 드러내는지 실감할 수 있다.

> I have to be patient but another day[참아야 해, 하루만 더]
> I'm good I'm okay 괜찮아 우린 꽤[나는 괜찮아, 괜찮아 우린 꽤]
> We okay now[우린 지금 좋아]
> Okay now[좋아 지금]

그렇게 아이러니한 일상들을 지나, 훅에 이르면 쓸쓸해진다. 특히 "참아야 해" 하고 바로 뒤에 "하루만 더"라고 단서를 붙일 때 또한 그렇다. "I'm good I'm okay 괜찮아 우린 꽤"나 "We okay now" 같은 말들은, 자기 암시처럼 느껴지기도 한다. 실은 괜찮지 않지만 괜찮다고 꼭 괜찮아질 거라고 자신에게 거는 주문 같다. 그런데 진짜 괜찮다고 말해도 되는 걸까? 진짜 괜찮아지기는 하는 걸까?

Yes I don't wanna be okay[나는 별로 괜찮다고 말하고 싶지 않은데]

참을 만큼 참은 듯해

이건 너무 위험해

아무도 괜찮단 말을 못해

깰게 분위기를

잘 check해 너넨 뒤를

Yup 무료하고 따분해

세상 모든 게 다 싫음

　벌스 2는 속엣얘기를 직설적으로 하고 있다. 벌스 2는 벌스 1과 마찬가지로 감정이 많이 실려 있지 않지만, 내용 자체는 감정적이다. "I don't wanna be okay[나는 별로 괜찮다고 말하고 싶지 않은데]"에서 드러나듯 화자가 실제로 하고 싶은 얘기는 '괜찮다'가 아니라 "아무도 괜찮단 말을 못해"다. 이 생활은 이제 "무료하고 따분"할 뿐이고 "세상 모든 게 다 싫"어질 만큼 긍정적인 측면을 찾을 수 없다. 기분은 자꾸 아래로 곤두박질치는데 전혀 반등할 기미가 보이지 않는다. 메타버스나 NFT처럼 팬데믹 기간에 등장한 새로운 시대의 흐름도 부정적으로 보일 수밖에 없다. 그것들을 실제 세계의 대안인 것처럼 말하는 현실을 화자는 참을 수 없다. 화자는 진짜 세계에서 살을 비비며 삶의 생생함을 느껴보고 싶다.

이 노래의 제목이 '우리'인 것은, 우리가 겪고 있는 일상의 경험과 감정이 너나 할 것 없이 모두 비슷하기 때문이다. 모든 낙관적 전망을 압도하는 이 실존적 불안 속에 우리가 갇혀 있다고 생각하면 우리 존재에 대한 연민이 느껴지기까지 한다. 그런데 한편으로 생각하면 이 상황을 타개할 주체는 결국 '우리'일 수밖에 없다. 팬데믹으로 세계는 근대성 혹은 이성의 바깥으로 밀려났다. 문명이 얼마나 많은 모순 위에 서 있는지 목도하고야 말았다. 그러나 또한 역설적으로 감염병은 세계가 서로 얼마나 연결되어 있는지를 확인시켜주었다. 우리는 이 역설과 모순의 폐허에서 또 삶을 지속해야 한다는 커다란 아이러니 앞에 서 있다. 우리는 이제 어떤 세계에서 살아가게 될까. 함께 답을 찾아 나서야 할 것이다.

(누구에게나 별이 있다) ;

김근

비오 - Counting Stars
(Feat. 빈지노)

Counting stars
밤하늘에 펄
Better than your Louis Vuitton
Your Louis Vuitton
Counting stars stars
밤하늘에 펄
Better than your Louis Vuitton
Your Louis Vuitton

Yeah, Salvador Dali and
I'm Picasso
별들은 내 작품을 전시 밀라노에
Not 일방통행 나 피만 토했던
시절을 생각하면 눈물이 핑 도네

My grandfather
요양병원 가시던 날이야
대성통곡하며 인사
코로나 바이러스 면회 못 간대
(fuck Covid)
이제 할아버지 몸값 비싸
좋은 약, 좋은 날, 좋은 삶
좋은 것만 다 한데 모아
해드려야 하지 그의 손잔
서울대는 아니어도 곧잘 살아
이 새파란 놈은 걱정 마
이제 당신의 자식까지 사장 만들어
이게 나의 각오 yeah

Counting stars

밤하늘에 펄

Better than your Louis Vuitton

Your Louis Vuitton

Counting stars stars

밤하늘에 펄

Better than your Louis Vuitton

Your Louis Vuitton

I'm counting stars

밤하늘에 펄

Better than your Louis Vuitton

Your Louis Vuitton

I'm counting stars stars

밤하늘에 펄

Better than your Louis Vuitton

Your Louis Vuitton

A letter to my step father

기억나나요 내가 대학 갔을 때

축하한다며 주신 100만 원으로

난 시작 했어요 내 세상을

낙원상가 가서 야마하 스피커랑

14만 원짜리 마이크 사고

그때 우리 가족 잠실 살던 때

그때만 해도 내가 아저씨라고 아빠를

불렀던 때

But you're realer than my real father

now

지금 눈물 참느라 비음 됐어 난

얼마 전 친구 아버지 사진 앞에서

그 상실감을 조금 체험했어 난

오늘 내 별이 몇 개 떴는진

모르지만, one thing that I know

아버지의 편지가 더 많았지 강원도의

별들보다도

;

남피디가 처음 이 노래 가사와 함께 윤동주의 시 〈별 헤는 밤〉을 리뷰해보라며 들이밀었을 때 깜짝 놀랐다. "Counting stars/밤하늘에 펼/Better than your Louis Vuitton/Your Louis Vuitton[네 루이비통보다 빛나 네 루이비통보다]"이라는 훅은 어디를 가든 들려왔지만, "counting stars"가 윤동주 시의 '별은 헨다'는 말과 같은 의미인지는 미처 의식하지 못했기 때문이다. 비오의 노래와 윤동주의 시를 겹쳐놓자 노래가 전혀 다른 의미로 다가왔다. 비오가 헤는 별은 어떤 별일까. 또 이 노래에 피처링으로 참여한 빈지노가 노래하는 별은 어떤 별일까. 어디쯤에서 어떤 이야기들이 빛나고 있을까.

윤동주의 〈별 헤는 밤〉을 좋아했다. 중학교 때 처음으로 돈을 주고 산 시집이 윤동주의 《하늘과 바람과 별과 시》이다. 아직 시를 써야겠다는 마음조차 없던 시절이었다. 아마도 윤동주 시의 소년 성이 그 시절 나의 감성과 잘 맞아서였을 것이다. 〈별 헤는 밤〉은 시집에서 가장 긴 시였는데, 고백체의 문장과 길게 이어지는 리듬의 호흡이 좋았다.

> 별 하나에 추억과
> 별 하나에 사랑과
> 별 하나에 쓸쓸함과
> 별 하나에 동경과
> 별 하나에 시와
> 별 하나에 어머니, 어머니

특히 4연이 좋았다. 별 하나하나에 추억, 사랑, 쓸쓸함, 동경을 대입하며 조금씩 치달아가던 화자의 감정은 "시"를 거치며 잠시 잦 아들었다가 "어머니, 어머니"에 와서 다시 고조되어 절정의 형태 로 맺히는 것 같았다. 그 시적 흐름이 소년의 여린 감성을 건드렸 는지 모르겠다. 이 시행들을 읽을 때마다 가슴에 슬픔이 차오르는 게 느껴졌다. 그때는 슬픔의 정체를 알지 못했다. 지금 와서 생각 해보면 그 슬픔은 별이 지닌 아득함에서 비롯된 것이 아닌가 싶다.

별은 동경의 대상일 수밖에 없다. 동경은 볼 수 있고 헤아릴 수는 있지만 거기 가닿지 못하는 상황에 발생한다. 동경의 대상이 바로 눈앞에 존재한다면 그래서 바로 만질 수 있다면 그 대상은 더 이상 우러름이나 간절한 그리움의 대상이 아니다. 동경이란 말은 이미 그 아득함을 함의하고 있다. 별은 닿을 수 없고 소유할 수 없다. 그 먼 빛을 가늠하며 헤아릴 수 있을 뿐이다. 별은 윤동주의 시대에도, 현대에도 아득한 저쪽에서 빛난다. 그 시절 내가 〈별 헤는 밤〉을 읽을 때, 그 아득함이 어린 내 무의식에서 갑자기 불가능한 그리움 같은 걸 실감하게 했을지도 모른다.

윤동주의 별이 자아내는 아득함은 물론 물리적 거리의 차원에서만 느껴지는 것이 아니다. 〈별 헤는 밤〉에서 "가을 속의 별들"은 "가슴 속에 하나둘 새겨지는 별들"과 동일시되어 있다. 외부에 떠 있는 별과 내면에서 발견되는 별, 두 종류의 별들은 모두 아득히 멀다. 외부의 별들이, 가닿을 수 없는 '물리적 거리' 저쪽에 있다면 가슴 속에서 발견되는 별들, 즉 지나간 추억과 동경과 사랑의 대상들은 돌아갈 수 없는 '시간적 거리' 저쪽에 있다. 윤동주의 어머니가 있는 북간도는 현실적인 장애물로 인해 가닿기 불가능한 장소가 되어버린 것처럼 보인다. 시 후반부의 죽음의 이미지가 이를 암시한다. 어머니는 원초적 그리움의 대상이기도 하다. 그 그리움은 물리적 거리와 시간적 거리를 다 넘어서는 저쪽을 향한다. 화자가 "어머니, 어머니"를 두 번 부를 때 북받치는 감정과 함께 아득한 거리감이 느껴지는 것은 그 때문이다.

소중한 것들과 나 사이가 별이 있는 곳까지의 거리만큼이나 아득하다는 사실을 인식하는 일은 꽤나 고통스럽다. 그럼에도 그 불가능한 그리움을 온몸으로 껴안는 태도야말로 '별을 헤는 자'의 운명이라고 윤동주의 시는 말하고 있는 것처럼 보인다. 비오의 'Counting Stars'의 두 화자 역시 별에 대해 그런 태도를 보여주고 있다.

> My grandfather
> 요양병원 가시던 날이야
> 대성통곡하며 인사
> 코로나 바이러스 면회 못 간대(fuck Covid)
> 이제 할아버지 몸값 비싸
> 좋은 약, 좋은 날, 좋은 삶
> 좋은 것만 다 한데 모아
> 해드려야 하지 그의 손잔
> 서울대는 아니어도 곧잘 살아

비오의 벌스에서 별은 화자가 선망하던 인물들을 의미한다. 앞에 등장하는 살바도르 달리(Salvador Dali)나 피카소(Pablo Picasso)는 그런 인물들을 대표한다. 화자가 별을 헤는 행위에는 그런 스타들에 대한 선망과 동경, 그들처럼 되고 싶다는 각오도 들어있다. 그들이 외부의 별이라면 화자 내면의 별은 할아버지이다. 할아버지는 요양병원에 있고 코로나 바이러스 때문에 면회도 불가능한 상태이다. "서울대는 아니어도 곧잘 살아"라며 할아버지를 안

심시키며 위로를 전하고자 하는 손자의 마음이 애틋하다.

벌스에서 "좋은 약"하고 잠시 호흡을 준 뒤 "좋은 날, 좋은 삶"으로 가사가 이어질 때는 나도 모르게 울컥했다. "좋은 약"이 훅에 반복되는 루이비통 백처럼 현실적으로 소유가 가능한 대상이라면, "좋은 날, 좋은 삶"은 루이비통보다 빛나는 별과 같다. 추상적인 바람이다. 하지만 할아버지의 병세를 헤아렸을 때 "좋은 날, 좋은 삶"을 선물하는 날은 찾아오지 않을 수도 있을 것이다. 이처럼 실현되기 어려운 바람과 각오는 그 불가능성 때문에 더 반짝인다.

"서울대는 아니어도 곧잘 살아"라는 비오의 가사는 그 자체로는 대수롭지 않지만, 다음 벌스에서 빈지노의 목소리가 등장하는 순간 위트로 바뀐다. 알다시피 빈지노는 서울대 출신이다.

A letter to my step father [의붓아버지에게 보내는 편지]

기억나나요 내가 대학 갔을 때

축하한다며 주신 100만 원으로

난 시작했어요 내 세상을

낙원상가 가서 야마하 스피커랑

14만 원짜리 마이크 사고

그때 우리 가족 잠실 살던 때

그때만 해도 내가 아저씨라고 아빠를 불렀던 때

But you're realer than my real father now [하지만 이제 당신은 친아빠보다 더 아빠 같아요]

지금 눈물 참느라 비음 됐어 난

얼마 전 친구 아버지 사진 앞에서

그 상실감을 조금 체험했어 난

오늘 내 별이 몇 개 떴는진

모르지만, one thing that I know [하나 확실한 건]

아버지의 편지가 더 많았지 강원도의 별들보다도

빈지노의 가사는 의붓아버지에게 보내는 편지 형식으로 되어 있다. 진짜 아버지보다 더 진짜 아버지 같던 그를 아저씨라고 부르던 때의 회한이 묻어난다. 그가 대학 입학을 축하하기 위해 준 100만 원으로 음악을 시작했다고 담담하게 이야기하는 가사에는 그에 대한 고마움이 은은하게 배어 있다. 그러나 이 노래에는 그런 긍정적인 감정만이 작용하고 있지는 않다. 이어지는 벌스에서 "얼마 전 친구 아버지 사진 앞에서/그 상실감을 조금 체험했어"라는 가사가 이어진다. 아마도 친구 아버지의 장례식인 듯한 장소에서 화자는 불현듯 언제 닥칠지 모를 아버지의 부재를 실감하게 된다. 상실감이 끼쳐왔을 것이다. 모든 관계에 있어 시간은 당연하게도 상실을 향해 나아가지만, 그 시간 속에서 어떤 사람은 영원히 잃어버리지 않을 기억을 간직하려 한다. 화자는 군 시절 아버지에게 정성스런 편지를 받았던 기억을 건져 올려 "아버지의 편지가 더 많았지 강원도의 별들보다도"라는 문장으로 표현하고 있다. 이 가사는 아름다웠다. 그리고 빛났다. 그가 찾은 별이다.

이제 비오의 'Counting Stars'를 들으면 가슴 한편이 저릿해진다. 쓸쓸함 혹은 슬픔이 주는 저릿함은 아니다. 내가 아직 발견하지 못한, 가닿을 수 없고 만질 수도 없이 아득한 별들이 빛을 낼 준비를 하며 꿈틀거리는 것 같다. 누구에게나 별이 있다. 우리는 그 먼 빛을 헤아리며 삶 여기저기를 소중한 것들로 아름답게 반짝거리게 한다. 'Counting Stars'가 불러일으킨 단상 또한 내겐 또 하나의 별이다.

(거부할 수 없는 너의 표정을 나는 원해) ;

남피디

씨잼 - 포커페이스

싫은 밤에 취해
쉬운 낮이 오면
밝은 곳을 피해
몇 시간을 오려
뜨거웠었지
언젠가 그런 적이
어떨까 너의 뒤에
언젠가 또 서면

아아 그림자는 나의 패션 스타일
어떤 낮으로도 못 잊었던 밤
더 많은 실수로 빈자릴 채워가
난 맞는 말만 하는 그런 꼴통이 아니야

난 너를 몰라 그걸 알아둬
부서져도 몰라 그걸 알아둬
넌 나를 몰라 그걸 알아둬
소리칠지 몰라 그걸 알아둬

말로 하는 건 좀 싫어 이제
가끔 네 이해는 오해
오래전 나는 너의
죽은 나에게 편질 보내
우린 몰랐다고 원래
그런 너는 나만의 오해
오래전 너는 나의

아아 그림자는 나의 패션 스타일
어떤 낮으로도 못 잊었던 밤
더 많은 실수로 빈자릴 채워가
난 맞는 말만 하는 그런 꼴통이 아냐

난 너를 몰라 그걸 알아둬
부서져도 몰라 그걸 알아둬
넌 나를 몰라 그걸 알아둬
소리칠지 몰라 그걸 알아둬

따로 할 말은 없네
우리 집에 올래
넌 이 시간에 뭐 해
난 꼭 이 시간에 늘 그래
머리 안 아님 손에 호세
약간 더 취해 너가 없는 곳엔
넌 내 기분을 느꼈네
오 그런 건 안 믿어

난 너를 몰라 그걸 알아둬
부서져도 몰라 그걸 알아둬
넌 나를 몰라 그걸 알아둬
소리칠지 몰라 그걸 알아둬

;

씨잼의 '포커페이스'는 〈쿵〉 앨범에서 가장 많은 사랑을 받은 곡이다. 이모 힙합[*]의 영향을 받은 록 사운드가 두드러진 곡이기도 하며 "난 너를 몰라 그걸 알아둬"라는 훅이 깊이 각인되어 있다. 그래서 보통의 래퍼의 이미지보다는 록스타로서 씨잼의 이미지가 투영된 곡인데, 따라 부르기 쉬운 훅에 비해 실제 벌스는 수수께끼 같은 측면이 있다. 연인으로 추측되는 "너"와 "나"는 서로의 포커페이스 때문에 진정한 소통에 이르지 못한다. 하지만 둘은 서로를 이해하기 위해서 역설적으로 자기 자신을 먼저 들여다봐야 하는 것 같다.

---

*   emo hip hop, 2010년대 중반 사운드클라우드 힙합씬에서 기원했으며, 이 장르는 비트, 랩과 같은 힙합 음악의 특징들을 이모 음악에서 흔히 볼 수 있는 서정적인 주제, 악기, 보컬과 융합시킨다.

싫은 밤에 취해

쉬운 낮이 오면

밝은 곳을 피해

몇 시간을 오려

화자는 오래전부터 밤을 싫어했다. 밤은 늘 죄악으로 가득 차 보였고, 그 밤의 기운을 집 안으로 끌고 들어와 구석을 그늘지게 했던 기억이 그에게 언제까지나 달라붙어 있다. 떨쳐낼 수 없는 그 이미지는 화자를 내가 아닌 모습으로 분열하게 한다. 죄를 지을 때 마다 밤에 대한 적대감은 커진다. 화자가 밤으로부터 도피하는 방식은 음주다. 만취함으로써 부정적인 것들의 침투를 차단하는 것이다. 그러나 낮은 얼마나 빨리 돌아오는지. 너무도 쉽게 밤은 탕진되고, 저항할 필요도 없이 하루의 시간 또한 흘러간다. 하지만 화자는 자기 모습이, 표정이 적나라하게 드러나는 밝은 곳도 피하고 싶다. 왜 화자는 낮의 시간까지도 견딜 수 없게 된 걸까?

뜨거웠었지

언젠가 그런 적이

어떨까 너의 뒤에

언젠가 또 서면

연인과 관련된 기억 때문이다. "싫은 밤에 취해" 도피한 곳은 연인의 품 안이다. "언젠가" 장난스럽게 "너의 뒤에" 서보고 싶기도 하다. 하지만 이는 "몇 시간을 오려" 뜨겁게 타오르던 밤의 재연일 뿐이다. 이렇게 벌스 1은 전반적으로 나의 어두운 내면, 도피처인 '너'에 대한 그리움을 노래한다. 그리고 자신의 또 다른 얼굴에 관해 말한다. 우리는 자신의 얼굴을 정확히 볼 수 없다. 거울은 실제로 좌우가 반전된 모습만을 보여준다. 우리는 평생 자기 얼굴을 추측하는 방식으로만 인식할 수 있다. 우리가 생각하는 우리의 얼굴은 욕망을 투영하여 '상상한 것'이다. 나르시시스트는 이 '상상된 나'를 사랑한다. 화자의 밤에는 무수한 '너'들이 포진해 있다. 그러나 이는 화자의 환상 속이다. 나는 너의 표정에서 나의 표정만을 발견한다. 화자는 '나'의 표정으로부터 도망치고 있을 수도 있다.

> 아아 그림자는 나의 패션 스타일
> 어떤 낮으로도 못 잊었던 밤
> 더 많은 실수로 빈자릴 채워가
> 난 맞는 말만 하는 그런 꼴통이 아니야

나의 그림자, 나의 과오는 패션 스타일이 된다. 또는 너의 뒤에 서 있는 그림자가, 너의 부정적인 면(그림자)이 곧 나일 수도 있다고 자책한다. 나는 그런 죄책감과 과오를 온몸에 패션처럼 둘러 치장하고 "더 많은 실수로 빈자릴 채워가"고 있다. 하지만 여전히 자신이 "맞는 말만 하는 그런 꼴통이 아니"라고 말한다.

우리 사이에는 사랑과 공감과 충만함 대신 실수들이 빼곡히 들어찬다. 우리가 오렸던 시간의 뜨거운 기운은 점점 사라지고, 불안과 불가해가 그 자리를 대신한다. 너의 그림자인 나의 색은 점점 짙어지고, 나는 다시 밤 속으로 스며든다. 왜냐면 나는 "맞는 말", 기분 좋아지게 하는 말, 빈말, 맘에 없는 말만 하는 사람이 아니기 때문이다.

> 난 너를 몰라 그걸 알아둬
> 부서져도 몰라 그걸 알아둬
> 넌 나를 몰라 그걸 알아둬
> 소리칠지 몰라 그걸 알아둬

화자는 외친다. 우리 사이에 실수가 가득 차 있는 건 결국 너와 내가 서로의 진짜 얼굴을, 서로의 진짜 내면을 외면하고 자기 자신만을 보고 있기 때문이라고. 화자는 이제 서로가 포커페이스를 걷어내야 한다고 말하고 싶다.

> 말로 하는 건 좀 싫어 이제
> 가끔 네 이해는 오해
> 오래전 나는 너의
> 죽은 나에게 편질 보내
> 우린 몰랐다고 원래

그런 너는 나만의 오해

오래전 너는 나의

　하지만 진정한 소통은 너무 어렵다. "가끔 네 이해는 오해"로 다가온다. 화자는 과거를 회상한다. "오래전 나는 너의/죽은 나에게 편질 보내/우린 몰랐다고 원래". 오래전에 '네가 알던 나'에게 '지금의 나'가 편지를 보내는 것이다. '지금의 나'는 '과거의 나'를 몰랐다고. 이는 과거의 나를 참회하는 죄책감과 반성의 표현이기도 하다. 나는 '네가 알던 나'가 지금 죽었다는 사실을 인정한다. 그리고 '과거의 나', 즉 포커페이스를 걷어낸다.

　하지만 뒤에 이어지는 "그런 너는 나만의 오해/오래전 너는 나의"라는 가사는 너 역시 나에겐 '죽은 나'라는 사실을 드러낸다. 내가 과거의 나를 반성하듯이, 너 역시 과거에 나를 거짓으로 대하던 모습을 반성해야 할 것이다. 그래야 우리가 이제까지 지었던 포커페이스를 벗겨내고 진정한 관계로 발전할 수 있을 테니까. 이제 둘은 무엇을 해야 할까? 그런데 이 부분은 거의 웅얼거리다시피 하는 씨잼의 발음 때문에 쉽게 들리지 않는다. 이처럼 화자의 목소리는 여전히 '너'에게 가닿기 힘들어 보인다.

따로 할 말은 없네

우리 집에 올래

넌 이 시간에 뭐 해

난 꼭 이 시간에 늘 그래

머리 안 아님 손에 호세

약간 더 취해 너가 없는 곳엔

넌 내 기분을 느꼈네

오 그런 건 안 믿어

그래서 화자는 대화보다는 만남 자체를 원한다. "우리 집에 올래/넌 이 시간에 뭐 해/난 꼭 이 시간에 늘 그래/머리 안 아님 손에 호세", 호세는 화자가 즐겨 마시는 테킬라인 호세 쿠에르보를 뜻한다. 화자는 네가 없어서 더 취했다며 네 탓을 한다.

마지막 "오 그런 건 안 믿어"는 두 가지 의미로 추측할 수 있다. 첫 번째, "오 그런 건 안 믿어"라고 네가 화자에게 쏘아붙인 것이라면 너는 집에 오라는 화자의 제안을 거절한 것일 테다. 두 번째, 화자는 네게 말을 하던 중, 네가 자신의 포커페이스를 눈치챘고 더는 이런 속임수가 통하지 않는다고 판단한다. "오 그런 건 안 믿어"라고 자기 자신에게 말하는 것이다.

결국 어떤 의미로 추측하든 너는 집으로 오지 않고 화자는 포커페이스를 한 자기 자신과만 밤을 보내게 된다. 그래서 다시 반복되는 훅, "넌 나를 몰라"는 자기 자신과 상대방 모두에게 향한다. "그걸 알아둬"라는 마지막 훅은 사랑하는 사람의 진실된 모습을 보라는 화자의 나지막한 당부인 동시에 절규이다.

'포커페이스'가 수록된 앨범 〈큥〉은 환락과 비행, 쾌락과 퇴폐미, 약과 술에 대한 중독이라는 부도덕―비윤리의 세계를 배경으로 한다. 부침을 겪는 화자의 지극한 나르시시즘과 감각들, 그리고 그런 밤의 속성과는 상반되는 속죄의 가능성에 대한 갈구로 가득 차 있다. 쾌락에 빠진 자신을 인정하면서 동시에 구원 가능성을 탐구하는 일은 우선 자신을 바로보기를 요구한다. '포커페이스'에서 씨잼은 자신의 나르시시스트적 면모를 너와 나의 관계 속에 위치시키고, 과거의 나에 대한 반성과 속죄 그리고 타인과의 소통 가능성이라는 다층적인 주제를 탐색한다. '포커페이스'는 근래 힙합씬에서 보기 드물게 심오한 주제를 다루는, 씨잼의 대표곡이 되기에 손색이 없는 작품이다.

(헤이 우리 어디 놀러 갈까?) ;

남피디

팔로알토 - Mariz

차에 시동을 걸 때면 늘 설레었어
반가운 누군가를 만나는 게 설레어서
좋은 음악 iPod 안에 꽉 채워서
그 작은 차 안에서 크게 틀면 부러울 게
없어
내겐 Skids 아닌 하얀 Bumblebee
큰 사고도 몇 번을 견뎠지 묻곤 했어 몇
년식?
03년? 04년? 아 몰라 어쨌든
운전할 때 기분 좋아 평소보다 몇 배는
여러 사람들이 옆자리에 탔었는데
많은 사랑과 우정이 함께 합석을 했지
여름에 Matiz로 부산 갔었는데
나 포함 다섯 명이 탔어 그때 빡셌는데

아직도 친구들과 그때 얘기하며 웃지
이제 와 생각하면 그 차 정말 가벼웠지
한남대교 건널 때면 휘청거렸던 걸
떠올리면 찾게 돼 잃어버렸던 기억

We rollin', we ride
Keep rollin' and chill out
작은 바퀴 색은 하얀색
친구랑 같이 우린 달렸지

차에 기스 나면 걱정하곤 했던 수리비
주머니 가벼울 땐 부담됐던 유지비
뚜벅이 친구들이 좋아하며 얻어 탄
9275 초록색 번호판

한강공원 자주 가곤 했어
도시의 밤은 날 설레게 했고 달콤했어
바람 쐬러 갔다 오고 나면 따분했던
마음 다시 차분해져 주차장에 차를 댔어
도로 위엔 내가 몰고 싶어 했던 dream
cars
개화산 친구들과 듣곤 했던 Biggie, Pac
나는 과연 어디까지 갈 수 있을까?
자신과의 싸움에서 얼마만큼 이길까?
이십대의 반을 함께했던 하얀 색깔 Matiz
참 부지런히 여기저길 돌아다녔지
문에 슬쩍 걸친 왼팔 핸들은 오른손
파란불엔 직진 시간이 지난 오늘도

We rollin', we ride
Keep rollin' and chill out
작은 바퀴 색은 하얀색
친구랑 같이 우린 달렸지

9275 초록색 번호판
뚜벅이 친구들이 좋아하며 얻어 탄
개화산 친구들과 듣곤 했던 Biggie, Pac
도로엔 내가 몰고 싶어 했던 dream cars
9275 초록색 번호판
뚜벅이 친구들이 좋아하며 얻어 탄
개화산 친구들과 듣곤 했던 Biggie, Pac
도로엔 내가 몰고 싶어 했던 dream cars

;

차에 시동을 걸 때면 늘 설레었어

반가운 누군가를 만나는 게 설레어서

좋은 음악 iPod 안에 꽉 채워서

그 작은 차 안에서 크게 틀면 부러울 게 없어

내겐 Skids 아닌 하얀 Bumblebee[*]

큰 사고도 몇 번을 견뎠지, 묻곤 했어, 몇 년 식?

03년? 04년? 아 몰라 어쨌든

운전할 때 기분 좋아 평소보다 몇 배는

여러 사람들이 옆자리에 탔었는데

---

[*] 스키즈(Skids)와 범블비(Bumblebee), 영화 '트랜스포머' 시리즈에 나오는 로봇 캐릭터.

많은 사랑과 우정이 함께 합석을 했지

팔로알토의 'Matiz'를 들으면 대학 시절 종종 얻어 탔던 친구의 하얀색 매그너스가 생각난다. 나와 친구들은 서울에서 떨어진 학교에서 기숙사 생활을 했다. 당시 CD플레이어가 달린 카스테레오로 얼터너티브 밴드 스매싱 펌킨스(Smashing Pumpkins)나 앨리스 인 체인스(Alice In Chains)를 크게 틀어놓고 이런저런 잡담을 나누다 보면 어느덧 고속터미널 근처에 도착했고 고맙다는 인사를 하고 내려서 지하철을 타고 종각까지 왔던 기억. 차가 없던 나로서는 크게 음악을 들을 수 있었던 공간, 매그너스가 무척 부러웠다.

팔로알토의 노래처럼 "뚜벅이 친구들이 좋아하며 얻어 탄" 중고차 뒷자리에는 과자 봉지와 반쯤 남은 페트병이 뒹굴었고 내부에는 퀴퀴한 냄새가 진동했다. 하지만 멀리서 흰색－상아색 조합의 실루엣이 눈에 띄면 또 얻어 탈 생각에 기분이 좋았다. 차 안에서는 너나 할 것 없이 담배를 피웠고, 가감 없는 당시의 우정에는 창을 열면 순식간에 공기가 뒤바뀌면서 사방으로 튀던 담뱃재와 새 신발을 신고 온 친구의 발을 지그시 밟는 질투 섞인 쾌감 같은 것들이 섞여 있었다. 아직 사회로 나가기 전, 같은 예비단계라는 처지에 놓인 알쏭달쏭한 젊음의 한때 풍경이라고 할까? 앞으로가 어떻게 될지 알 수 없음에서 오는 아늑함과 모험심이 "합석"했던 친구의 매그너스.

팔로알토가 이십대의 반을 함께한 하얀색 마티즈는 같은 꿈을 꾸던 또래 친구들의 "사랑과 우정이 함께 합석"하고, 자신들의 우상이었던 노토리어스 B.I.G.(The Notorious B. I. G.)와 투팍(2Pac)의 음악을 따라 부르는 공간이었다. 또 "좋은 음악 iPod 안에 꽉 채워서", "크게 틀면 부러울 게 없"지만, 도로에 지나가는 드림카를 보면 부러움을 감추지 못하고 꿈을 키웠던 공간이기도 하다. 젊음의 한 시절이 이 마티즈 안에 압축되어 있다.

> 한강공원 자주 가곤 했어
> 도시의 밤은 날 설레게 했고 달콤했어
> 바람 쐬러 갔다 오고 나면 따분했던
> 마음 다시 차분해져 주차장에 차를 댔어
> 도로 위엔 내가 몰고 싶어 했던 dream cars
> 개화산 친구들과 듣곤 했던 Biggie, Pac
> 나는 과연 어디까지 갈 수 있을까?
> 자신과의 싸움에서 얼마만큼 이길까?

화자는 도시의 밤이 남긴 여운을 해소하기 위해 친구들을 마티즈에 태우고 한강공원에 간다. 이후 친구들을 집 근처에 데려다주고는 홀로 집으로 돌아와 마침내 주차장에 차를 대고 나면 "따분했던 마음"은 "다시 차분해"진다. 젊은 시절의 꿈은 친구의 꿈과 뒤섞이기 쉽고, 서로가 서로의 역할을 정해주며 미래를 예측하기 마련이다. 명반을 내고, 비기나 투팍처럼 큰 공연장에서 팬들 앞에서 서게 될 꿈에 부풀어 달리는 길. 낭만적인 미래. 그때 함께 꿈을 꾸던 친구들은 지금은 볼 수 없거나 그 시절 꿈에서 크게 벗어난 일을 하고 있지만, 그때 들었던 노래는 언제나 달콤한 추억을 환기한다.

> 이십대의 반을 함께했던 하얀 색깔 Matiz
> 참 부지런히 여기저길 돌아다녔지
> 문에 슬쩍 걸친 왼팔 핸들은 오른손
> 파란불엔 직진 시간이 지난 오늘도

지금은 다른 차를 운전하고 있지만 마티즈를 타면서 숙련시킨 운전 습관으로 "파란불엔 직진"을 하는 오늘, 팔로알토의 목소리는 한결같이 안정적이다. 파란불이 켜지면 직진해 길을 지나간다는 말은 평범한 듯 보이지만, 운전대에 손을 올려놓고 신호가 바뀌길 기다리는 자의 내면에는 아직도 어린 시절과 같은 마음이 있다. 꿈을 향한 그의 노력은 "시간이 지난 오늘도" 계속된다.

변하는 것들 사이에서 변하지 않고 남아 있는 것들을 노래하는 태도, 그 소박한 낭만이 이 노래의 매력이다. 화자는 친구들과 도달하려던 곳이 하나의 목적지라고 생각했지만, 뒤에 이르러 그것이 다양한 가능성의 종합이었다는 걸 알게 되지 않았을까. 노래의 후반부에 토크박스*로 연출되는 왁자지껄한 보컬 라인은 그 시절 향수를 담뿍 실어 나른다. 설렜던 출발의 기억과 왁자지껄했던 미숙한 아우성이 문득 그리워진다.

"부지런히 여기저길 돌아다"니며 삶의 가능성을 탐구하고 또 사람들을 만나 어울리던 시절, 튼튼한 발의 역할을 했던, 그래서 더욱 생각나는 고물 중고차. 누군가에게 첫 차의 기억은 가지각색이겠지만 이 노래는 그 시절의 기억들이 내 안에서 여전히 순항 중이라는 사실을 일깨운다. 문득 친구에게 전화를 걸어 매그너스 이야기를 꺼내고 싶어 손가락이 근질거린다.

---

* Talkbox, 기타 이펙터의 일종으로 토크박스 끝에 달린 튜브를 입에 물고 소리를 내고 그 소리에 와 와 이펙터의 효과를 입히는 것으로, 말하듯 악기 소리를 낼 수 있다. 토크박스가 대표적으로 사용된 곡으로 다프트 펑크의 'One More Time'이 있다.

차갑지만 따뜻한 생존의 의미 | 남피디
팔로알토 6집 〈Dirt〉

팔로알토의 새 앨범 〈Dirt〉는 반복해서 들을수록 진솔한 여운을 남긴다. 음미할수록 공감되고 좋은 앨범이란 확신이 강하게 든다. 공감이야말로 힙합 앨범을 듣는 맛이 아닐까? 마지막 트랙 '이유(Feat. 잠비노)'가 끝나면 짧은 러닝타임이 아쉬워 다시 플레이한다. 그리고 '생존'을 따라 외친다.

　　팔로알토의 발성은 안정적이다. 그는 저음과 고음을 연음처럼 넘나들며 묘한 음악적 타격감을 유지한다. 가사 전달력 또한 남다르다. 그의 노래는 항상 편안하게, 부담 없이 듣기 좋다는 인상이 내겐 있었다.

　　팔로알토는 이 앨범에서 위와 같은 이미지를 스스로 한 꺼풀 벗겨내고, 내면의 충동, 고민, 모순을 전면에 드러낸다. '생존', '돈독', '변절', '별점 테러' 그리고 '이유'까지 짧고 묵직한 단어들을 제목으로 삼고 자신의 행보를 둘러싼 이야기들을 직접 갈무리하고 있다. 힙합씬과 세태에 대한 비판적이며 통쾌한 반박이 꼬리를 물고 딸려 나온다. 그의 음악과 벌스는 강한 설득력으로 카타르시스를 일으킨다. 나와 전혀 다른 삶을 사는 이의 고유한 체험을 깊이 있으면서도 보편적인 시선으로 체험하도록 만든다. 때로 실력이 뛰어난 아티스트가 자기 스스로를 위로할 때, 이는 누구에게나 보편타당한 공명을 일으키며 질 높은 위로가 되고는 한다.

앨범 제목에도 드러나는 Dirt(먼지, 때, 흙)라는 테마는, 수록곡 '돈 독'의 "순진한 소리 그만해 진흙이 진하게 묻어있어"와 'PRICELESS(Feat. 토이고)'의 "무거운 때에도 나를 지켜"라는 가사에 드러난다. '진흙'과 '때'는 어느 때는 '진하게' 한편으론 '무겁게' 화자의 삶을 대변한다. 현실은 꽃길로만 수놓여 있지 않다. 울퉁불퉁한 자갈이 박혀 있고 먼지와 흙탕물로 뒤덮인 척박한 지점이 여럿이다. 화자는 튼튼한 작업화를 신고 그런 길을 개척해왔다. 때가 많이 묻은 발은 점점 무거워진다. 하지만 아침이면 같은 신발을 신고 나서야 한다. 'Dirt'라는 앨범의 제목은 평범하지만, 그 자체가 자기에게 묻은 때를 '인정'하는 태도를 드러내고 있다.

앨범을 재생하면 1번 트랙 'Calling'에서 프롤로그 역할을 하는 1분 남짓한 피아노 연주가 들려온다. 그간의 부침의 경험을 짧은 컷으로 붙여 빠르게 돌리면서 내면의 격변을 속도감 있게 담아낸 듯하다. 그리고 이 앨범에서 가장 인상적인, 첫 곡 '생존'의 도입부가 시작된다. 점차 탄력을 받는다. 짧은 연주의 멜랑콜리한 여운을 뚫고 나오는 벌스는 현실의 부름에 대한 응답이다.

민승이 전화 오네 집을 나서네 돈 더 필요해

난 생존할 거야 생존 생존

민승이 전화 오네 옷을 갈아입네 멋도 필요해

난 백 프로 믿어 백퍼 백퍼

배우자로 추측되는 이에게 걸려온 전화는 가장으로 추측되는 화자로 하여금 집을 나서게 한다. 때론 멋도 필요해서 옷을 갈아입고, 집을 나서는 그는 '생존할 거야!'라고 외친다. 생존에 임하는 자신을 믿는다는 암시. 문득 자세한 설명이나 이유가 빠진 듯하나 뒤이어지는 벌스는 이 화자의 머릿속에 왜 '생존'이 울리고 있는지 이해하게 만든다.

힙합씬에서 공고한 영역을 구축한 팔로알토는 왜 여전히 '생존'을 다짐하는 걸까? 힙합씬은 자본이 모이는 시장이며, 시장에서는 사람도 숫자에 불과하다. 상대가 동지였든 적이었든 수지타산이 맞다면 섭외 전화에 응하고 웃는 얼굴도 지어 보여야 한다. '생존'의 세계관에서 적과 친구는 언제든 자리를 뒤바꿀 수 있다. 이런 논리는 누군가의 친구이거나 적일 자기 자신한테도 적용된다. 의지만으로 자기 정체성이나 신념을 지키기 어려운 이 씬에서 생존하는 방법은 이런 생리를 인정하고 받아들이는 것이다. 그러니 그가 '생존'을 다짐하는 건 다른 말로, 씬의 내부자로서 씬의 생리를 견뎌내겠다는 다짐과 같다.

'돈 독'은 "Let's get this fuckin' money[망할 돈이나 벌자]"라는

랩으로 시작된다. "그 빌어먹을 돈 나도 벌어보자". 돈 버는 일은 잘 들여다보면 진심도 멋도 없는 일이지만, 화자는 "순진한 소리 그만 해 진흙이 진하게 묻어 있어"라는 다그침으로 각성을 촉구한다. 이 말은 자기 자신을 포함한 힙합씬의 구성원 모두를 향한다. 여기서 그가 진흙이 묻은 모습에 주목하는 이유는, 생존의 필수조건인 자본에 천착해야 한다는 사실을 인정하되, 그것이 무엇을 대가로 얻어낸 영광인지 직시하고 기억하려고 하기 때문일 것이다. '돈 독'은 우탱 클랜(Wu-Tang Clan)이 부른 'C.R.E.A.M.'의 그 유명한 훅, "Cash rules everything[돈이 모든 걸 지배해]"이라는 훅을 빌어 쓰면서 냉정하게 갈무리된다.

그는 '변절'에서 "독이 오른" 채 "더 멀리로" 나아간다. 하지만 화자가 결국 그곳에서 발견하게 되는 건 "없는 놈이 있는 놈한테 돈이나 꿔 달라 하"는 상황, 혹은 "꼭 해야만 하는 선택은 항상 risky[위험하지]"하다는 경험칙뿐이다. 그는 "한땐 그게 슬펐지만 모두 변하지, 원래"라고 자기가 성취한 뜻밖의 것들에 대해 쓴웃음을 지으며 '생존', '돈 독', '변절'의 '이유 3부작'을 마무리한다.

> 어떻게든 해내 보려고 외치지 않던 기권
> 만들어야지 히트곡 언젠간 먹고 말 거야 치토스
> 쓰레빠 끌고 비싼 차 키 넣겠지, 주머니 속

분위기가 전환되며 이어지는 '치토스'는 향수를 자극한다. "언젠간 먹고 말거야 치토스"라는, 뇌리에 박힌 광고 카피. 이십대 시절부터 꿈꿔온 노란색 포르쉐, 빨간색 페라리. 이를 빨간색 케첩과 노란색 머스타드 소스에 비유하며 외치는 "I want that yellow Porsche[난 노란색 포르쉐를 원해]"의 유유자적한 싱잉은 조금 들뜬 듯, 착잡한 듯 아련한 멜랑콜리를 불러일으킨다. 화자는 꿈의 강렬함을 잃고 이제는 인정욕구와 보상심리만 남은 내면을 마주하며 피로감을 내비친다.

문득 'Matiz'라는 노래와 함께 그가 과거에 타고 다녔던 마티즈의 색깔이 초록색 아니었나 하는 생각이 든다. 그 노래가 품은 활력을 떠올려보면 결국 그가 원했던 것은 빨간색 페라리도, 노란색 포르쉐도 아닌 초록색 마티즈가 아니었을까. '치토스'에서 팔로알토는 앞선 트랙보다 힘을 빼고 편안하게 진솔함을 담아내고 있다. 이 노래는 그가 다양한 감정의 스펙트럼을 가진 플레이어라는 점을 유감없이 보여준다.

6번째 트랙 '별점 테러'는 "오 나의 실수"라는 가사로 시작된다. 이는 화자가 자기 곡에 대한 별점 테러에 저자세로 응대하는 듯한 모양새로 보인다. 하지만 뒤이어 바로 "근데 난 후회 없어 그래서 뭐 you don't like me?"라 쏘아붙이는 통쾌함을 보여준다. 화자는 미디어가 연출하는 자신(팔로알토)에 대한 대중적 기대가 어긋났을 때 대중들이 자신에게 가하는 별점 테러와 같은 억압이 얼마나 몰상식한 일인지를 지적한다. 화자는 그런 대중들을 "줏대 없는 멍청이들"이라고 냉소한다.

다음 곡 'PRICELESS(Feat. 토이고)'는 팔로알토가 래퍼로서 활동한 지난 날을 거칠게 요약하며 자신의 가치를 가늠해보는 곡이다. "난 걱정 안 해 시간이 지나면/내 가치는 값으로 매길 수 없게 될 것이 당연"하다는 태도로 높은 자존감과 자신에 대한 믿음을 보여준다. 팔로알토의 두 번째 벌스는 '변절'과 함께 이 앨범의 하이라이트다.

> 음악 돈이 안 돼 같은 힘 빠지는 소릴 하네
> 음악 덕에 난 여기 왔네 스타로 사는 게 아니고
> 내 삶 온전히 살기에 넌 뒤에서만 험담을
> 난 시가 물고 차려입어 맞춤 정장을 먹어 진수성찬을

이 가사의 울림을 이어받은 토이고는 방송에서 보여준 엔터테이너적 개성에 가려진 자신의 서사를 랩에 위트 있게 담아낸다. 그는 스스로의 가치를 랩에 증명한다는 콘셉트를 유려하게 소화하고 있다.

이어서 다음 트랙 '이유 Interlude'가 나온다. 'Calling'과 같은 톤의 전주지만, 휘몰아치는 감정이 앨범이 막바지에 이르렀음을 알리고, 동시에 마지막 곡 '이유(Feat. 잠비노)'의 주선율을 앞서 리프라이즈*한다.

---

* reprise, 같은 곡을 분위기나 편곡을 달리하여 다른 분위기를 줘 극의 밀도나 강조, 변화를 표현하는 것을 말한다.

내가 사는 이유 이유 숨을 쉬는 이유 이유

　　돌이킬 수 없는 이유 매일 찾아 이유 이유

　'이유(Feat. 잠비노)'가 시작되는 훅에서 팔로알토의 꾸밈 없는 싱잉은 "진심"이라는 곡의 주제의식과 일치하기에 더욱 호소력을 가진다. 깔끔한 랩핑은 화려한 랩보다 더 복잡하고 풍부한 감정을 종합적으로 전달한다. "과거 때문에 발목 붙잡히지 말어"라는 당부가 귀에 와서 박힌다. 반면 잠비노의 변칙적인 플로우에는 위트가 묻어난다. 하지만 생략된 이야기들과 성긴 비유가 곡의 묵직한 주제에 비해 겉돌고 있는 인상이다.

　팔로알토는 〈Dirt〉를 통해 성공 속에서 마주해야 했던 씁쓸한 경험적 진실을 길어 올린다. 이를 통해 그는 이 씬에서의 위치적 우월성을 과시하지 않고, 내려다보는 시선을 배제한 채로 루키 시절을 회상하려 노력한다. 군더더기 없이 꾸준하게 밀어붙이는 순발력과 기세가 각 곡의 주제에 대한 설득력을 만들어낸다. 피처링 아티스트를 최소화하고, 훅과 랩을 모두 직접 담당하는 그 역량은, 재능 있으면서 성실하기까지 한 아티스트가 베테랑이 되었을 때 무엇을 보여줄 수 있는지를 흥미롭게 역설한다. 힙합씬도, 팔로알토도 많이 변했다. 하지만 분명 그 누구도 팔로알토가 진흙을 털고 더 멀리 나아갈 거라는 사실을 의심하기는 쉽지 않을 것이다.

(욕망의 가상을 벗어나 삶의 주인공으로) ;

김근

최엘비 - 주인공

나는 너를 알아
너도 주인공이 되고 싶어 했잖아
5학년 때인가 아마
용기를 내서 반장 뽑을 때 손들었잖아
결과는 부반장 두 명이 나가서
거의 떨어진 거나 마찬가지였고
반장으로 뽑힌 애가 포부를 말할 때
옆에서 넌 생각했지 이 정도면 잘한
거라고
그렇게 몇 년이 흘러가고
여태까지 내가 살아온 삶이 몇 편의
영화라면
그때 맡은 부반장이 제일 큰 역할이었
단 걸

내가 나왔다는 걸 알아보는 사람은
가족밖에 없는 단역으로 이젠 살아
울 엄마는 영화가 끝나도
엔딩 크레딧 제일 끝에 때쯤에 나올
내 이름은 어째 귀신같이 찾아
물론 하고 싶지 나도 주인공은
하지만 내가 쓴 시나리오는
감독의 맘엔 들지 않았나 봐
내가 봐도 누군 국힙원탑에
누군 빌보드 진출을 꿈꿨지만
나는 여전히 빛나는 조연이라도 되는 걸
원해
그래서인지 영화 같은 걸 볼 때
잘나가는 주인공의 뒤 배경 속에 있는

사람은
어떻게 사는지가 궁금해
가끔은 그 사람 이름을 쳐봐 구글에
누구는 꾸준히 해도 묻혀지고
누구는 꿈 깨듯 현실에 부딪혀 부서져
누구는 만들어 영화를 그래서인지는
몰라도
그들의 결과물의 주인공들은
왠지 나를 보는 것만 같아
별 볼 일 없어도 각자의 삶이 있듯이
말이야

난 너를 알아
너도 주인공이 되고 싶어 했잖아
가끔 세상은 널 외면하는 것만 같아
너도 맡은 역할에 최선을 다했는데
말이야
그게 너무 화나 '왜 넌 나한테만 그래?'
세상은 대답해 주지를 않아 질문에
'씨잼하고 비와이가 쟤 친구래'라고
말하는 목소리엔 동정이 몇 그램
섞여 있는 것만 같아서 난 망설여
나를 소개하는 거조차
그렇다면 나를 소개하는 첫마디에
크루 이름을 빼보는 건 어떨까 싶다가도
근데 그럼 아무도 날 몰라
그래, 언젠가는 나도 서고 싶어 혼자
누구누구 친구라는 역할이 싫으면서

그걸 이용하는 모순적인 놈이야 나는
하루 권장량을 넘은 담배를 끄네
몸이 안 좋아지는 게 느껴져 근데
이걸 내가 살아 있음의 증거로 쓰네
살아 있어도 죽어 있는 거 같은 기분에
가만 보면 이것도 얼마나 모순인가
살려고 날 죽이는 걸 피우는 모습이란
손에 잡히지 않을 걸 쫓을 시간에
다른 걸 했다면 난 주인공이었을까?

그래, 그냥 내가 내 영활 찍기로 해
내 일그러진 과거들을 여기 기록해
나랑 같은 누군가가 언젠가는 나를 찾고
내가 봤던 영화처럼 내게 뭘갈 느낀다면
그게 내가 생각하는 이 작품의 완성
이게 돈이 될 거라 생각 안 했지 한 번도
죽기 전엔 남겨야지 좋은 영화 한 편은
지켜봐
내가 주인공이 되는 장면을

;

최엘비는 랩을 할 때 감정을 크게 과잉하거나 스킬이 화려한 플로우를 구성하지 않는다. 하지만 그의 목소리에는 호소력이 있다. 마치 옆에서 누군가 조곤조곤 진지하게 자기 얘기를 하고 있는 것 같다. 목소리가 크지 않기 때문에 더 귀를 기울이게 된다. 한번 집중하면 마치 녹아들 듯이 그가 만들어놓은 이야기의 구조 속으로 어느새 들어와 있다. 그러다 보면 최엘비의 이야기는 더 이상 최엘비의 이야기만이 아니라 나의 이야기, 우리 모두의 보편적 이야기로 확대된다. 그의 목소리에는 깊은 공감을 이끌어내는 힘이 있다.

최엘비가 2021년 낸 음반 〈독립음악〉은 그런 이야기의 힘을 잘 보여준다. 그는 자신의 이야기를 낯설게 보여주기 위해 음반 전체를 구조화한다. 첫 곡 '아는 사람 얘기'는 영화 캐스팅 면접 장면을 그린다. 아마도 조연 역할의 캐스팅일 것이다. 이 곡은 영화 현장에 참여하는 조연의 감각으로 구성된 이 음반의 진입로 역할을 한다. 이 곡에서 최엘비는 "최엘비 얘기를 하는 최엘비를 연기하는/최엘비"를 이야기하며 자기 자신에서 멀어지고, 결국 일종의 알레고리적 화자가 된다. 이 앨범은 분명 최엘비 자신의 이야기이지만 영화의 조연이라고 설정된 화자를 통해 이야기 속 자신의 객관적 모습을 낯설게 전달한다. 바로 그 점이, 최엘비라는 특정 인물의 이야기에서 벗어나 "그를 아는 사람이든 모르는 사람이든/그의 얘기에 한번 귀 기울여 볼까여?"라는 호소에 부응하도록 만든다.

> 나는 너를 알아
>
> 너도 주인공이 되고 싶어 했잖아
>
> 5학년 때인가 아마
>
> 용기를 내서 반장 뽑을 때 손들었잖아
>
> 결과는 부반장 두 명이 나가서
>
> 거의 떨어진 거나 마찬가지였고
>
> 반장으로 뽑힌 애가 포부를 말할 때
>
> 옆에서 넌 생각했지 이 정도면 잘한 거라고

'주인공'은 〈독립음반〉에 수록된 네 번째 곡이다. 앨범 전체를 관통하는 주제를 잘 보여줄 뿐만 아니라 그 상황적 배경이 영화라는 설정이 잘 살아 있는 곡이다. 벌스 1과 벌스 2는 공통적으로 "나는 너를 알아/너도 주인공이 되고 싶어 했잖아"라며 화자가 과거의 자신에게 말을 거는 형식으로 시작한다. 벌스 1은 초등학생 시절의 나이고 벌스 2는 현실의 자신이다. 엔딩크레딧, 주인공, 조연 같은 영화적 비유가 뒤따른다.

벌스 1의 회상 내용은 초등학교 5학년 때 반장 선거이다. 두 명이 나가서 친구는 반장으로 뽑히고 자신은 부반장이 된 것이다. 당시의 어린 그는 "이 정도면 잘한 거"라고 속으로 생각한다. 하지만 "그때 맡은 부반장이 제일 큰 역할이었다는 걸" 살면서 쓸쓸하게 깨닫게 된다. "이 정도면 잘한 거"라는 말에 자꾸 눈길이 간다. "그때 맡은 부반장이 제일 큰 역할"이었다고 그 시절의 자신을 평가하는 건 그때의 내가 아니다. 정작 어린 시절의 그는 자신의 성취에 만족할 줄 아는 아이였다.

열패감은 자신을 타인과 비교하는 데서 발생한다. 어쩔 수 없이 사회라는 시스템 안에서 우리는 누군가와 경쟁을 해야 하고 누군가의 인정을 받으려 노력할 수밖에 없지만, 경쟁이나 인정 욕구 자체에만 몰입하다 보면 종종 자신을 잃어버리게 된다. 자신이 무엇을 성취했고 그것이 얼마나 가치 있는지는 생각조차 하지 않게 된다. 시선은 오직 내 앞의 누군가에게만 향해 있다. 그 과정을 반복하면 할수록 열패감은 더욱 나를 사로잡고, 악순환에서 빠져나올 수 없게 된다. 어린 시절의 화자는 지금의 화자보다 더 현명했는지도 모른다.

영화에 출연한 걸 가족밖에 모르는 단역의 삶을 살게 된 그는

"여전히 빛나는 조연이라도 되는 걸" 원한다. 자신이 주인공으로 등장하는 시나리오는 감독의 마음에 들지 않는다. 국힙원탑(국내 힙합 one top)과 빌보드 진출의 꿈은 현실적으로 요원하기만 하다. 주인공은커녕 조연도 힘든 현실 안에서 그는 열패감만을 키워왔다. 그럼에도 엄마는 엔딩크레딧 제일 끝에 등장하는 그의 이름을 귀신같이 찾아낸다. 스스로가 외면하고 있던 성취를 엄마는 그 어느 주인공보다 더 소중하고 자랑스럽게 여긴다.

> 잘나가는 주인공의 뒤 배경 속에 있는 사람은
> 어떻게 사는지가 궁금해
> 가끔은 그 사람 이름을 쳐봐 구글에
> 누구는 꾸준히 해도 묻혀지고
> 누구는 꿈 깨듯 현실에 부딪혀 부서져
> 누구는 만들어 영화를 그래서인지는 몰라도
> 그들의 결과물의 주인공들은
> 왠지 나를 보는 것만 같아
> 별 볼 일 없어도 각자의 삶이 있듯이 말이야

생각해보면 주연이니 조연이니 하는 것은 타자에 의해 결정된다. 자신이 삶의 조연 또는 단역이라는 생각 자체가 타자의 욕망이 투영된 결과이다. 그러므로 영화는 타인의 욕망으로 구조화된다. 화자는 자신을 지배하는 영화라는 가상, 즉 자신을 지배하는 욕망의 가상을 벗어나 영화 밖 실제의 삶으로 눈을 돌린다. 물론 영화 속에서 조연 역할을 맡았던 사람들의 실제 삶이 꼭 긍정적으로만 흘러가지는 않는다. "누구는 꾸준히 해도 묻혀지고/누구는 꿈 깨듯 현실에 부딪혀 부서"지는 현실을 감당하고 있기도 하다. 그러나 삶 전체를 생각해보면 그런 일은 비일비재하다. 삶이 특별한 사람들의 성공으로만 채워지지 않는다는 것을 우리는 알고 있다. 삶은 도리어 훨씬 더 많은 평범한 사람들의 희로애락으로 채워져 있다. 결국 중요한 것은 "별 볼 일 없어도 각자의 삶이 있"다는 믿음이고, 그 믿음으로 자신만의 삶이라는 영화를 만들어가는 것이지 않을까.

> 난 너를 알아
> 너도 주인공이 되고 싶어 했잖아
> 가끔 세상은 널 외면하는 것만 같아
> 너도 맡은 역할에 최선을 다했는데 말이야
> 그게 너무 화나 '왜 넌 나한테만 그래?'
> 세상은 대답해 주지를 않아 질문에
> '씨잼하고 비와이가 쟤 친구래'라고
> 말하는 목소리엔 동정이 몇 그램
> 섞여 있는 것만 같아서 난 망설여
> 나를 소개하는 거조차

벌스 2는 현재의 심리적 상황이 드러난다. 현재의 나를 너라고 지칭하며 객관적 입장에서 자신을 들여다본다. "가끔 세상이 널 외면하는 것 같아", "살아 있어도 죽어 있는 것 같은 기분"처럼 느끼는 것은 열등감 때문이다. "너도 맡은 역할에 최선을 다했는데" 아무도 알아보지 못하고, '섹시스트릿'이라는 크루에서 함께 활동하는 탑급 래퍼 씨잼이나 비와이와 비교당하기 일쑤이다. 마치 영화 속 주인공 친구 역을 맡은 조연처럼 "누구누구 친구라는 역할이 싫으면서" 결국 그걸 이용할 수밖에 없는 모순에 싸여 있다. 결국 꿈은 "손에 잡히지 않는 시간"인 걸까, 다른 걸 했다면 누구의 친구가 아닌 주인공 역할로 살아갈 수 있었을까, 생각하게 된다.

> 그래, 그냥 내가 내 영활 찍기로 해
> 내 일그러진 과거들을 여기 기록해
> 나랑 같은 누군가가 언젠가는 나를 찾고
> 내가 봤던 영화처럼 내게 뭔갈 느낀다면
> 그게 내가 생각하는 이 작품의 완성
> 이게 돈이 될 거라 생각 안 했지 한 번도
> 죽기 전엔 남겨야지 좋은 영화 한 편은 지켜봐
> 내가 주인공이 되는 장면을

영화 속 역할이라는 설정은 벌스 1에서와 마찬가지로 벌스 2에서도 전환된다. 열패감이나 열등감이라는 타자의 욕망이 투영된 가상의 세계가 영화였다면, 화자는 그 부정적인 가상을 자신만의 영화라는 긍정적인 가상으로 뒤바꿔놓는다. "내 일그러진 과거들을 여기 기록해"에서 알 수 있듯이 화자는 이 '주인공'이라는 곡을 통해 화자 자신이 주인공인 영화를 이미 촬영하고 있다. 이 노래의 주인공은 씨잼도 비와이도 아닌 최엘비 자신이다. 우리는 타인과의 비교 속에서, 열패감과 열등감의 지옥 속에서 살던 주체가 자기 삶의 주인공으로 거듭나는 영화 한 편을 보고 있다.

〈독립음악〉이라는 앨범명에서 '독립'의 의미는 여러 가지로 해석할 수 있다. 본래 인디음악의 접두사로 붙은 ('independent'가 어원인) 인디는 대기업 자본으로부터의 '독립'을 의미한다. 최엘비의 〈독립음악〉 역시 그런 의미를 담고 있을 것이다. 한편 노래를 듣다 보면 독립은 화자 자신의 경제적 독립으로도 읽힌다. 어머니한테 전화해서 손을 벌리던 모습('마마보이')도 아프게 풀어내고 있다. 그러나 무엇보다 이 앨범이 강조하려는 것은 정신적 독립이다. 자신만의 가치를 발견하고 자신만의 정체성을 다시 정립하는 일 말이다. 이는 또한 타자의 욕망에서 허우적거리던 과거의 자신과의 결별이며 독립이다. '주인공'은 이 앨범의 화자가 어떻게 자신만의 정체성을 세워가는지 어떻게 자신으로부터 독립하는지를 잘 보여주고 있다.

모든 감독들이 외면했다는 그 시나리오, 〈독립음악〉은 보란 듯이 성공했다. 〈독립음악〉을 얘기하면서 흔히들 '솔직함'을 미덕으로 꼽는다. 그러나 화자 자신이 솔직하다고 해서 항상 그 목소리가 호소력을 얻지는 않는다. 앞서도 말했지만 자기 객관화가 이루어지지 않는 솔직함은 편견만을 강요할 뿐이다. 영화라는 설정과 "최엘비 얘기를 하는 최엘비를 연기하는/최엘비"라는, 자신으로부터 멀리 떨어져 있는 다른 사람처럼 자신을 보여주지 않았다면 우리는 이 이야기를 그저 너무 흔해서 이제는 지겨운 래퍼의 성장 스토리쯤으로 치부했을 것이다. 그는 같은 이야기도 새롭게 들리도록 만드는 재주가 있다. 감정이나 기교를 최소한으로 하는데도 말이다. 이런 방식으로 자기 자신을 이야기하기는 생각보다 쉽지 않다는 것을 우리는 알고 있다. 〈독립음악〉이 정말 영화라면, 분명 최엘비는 그 누구보다도 관객들에게 응원받는 주인공일 것이다.

(오지 않은 시간을 향한 주문) ;

김근

이센스 - Writer's Block

무표정으로 보는 뉴스
보다가 끄고 문자 온 거 보는 중
야 어디 갈라고 오늘은?
몰라 작업해야지 넌 노는 중?
괜히 조바심에 어제 쓰다 만
거 뒤져봐도 하나같이 구린 가사
버린 이유가 있네 그냥 나갈까?
전에 사다 놓은 맥주는 남았나
없네 아마 그저께쯤에
집에서 5차 정도까지 달린 듯해
청소 안 해서 먼지 쌓인 집에
나와 개 한 마리만 누워 있네
뭐라도 해볼라고 꺼낸 펜으론
줄만 수십 개 그었네 계속

집중 안 돼 날씨만 맞춰 대충 입고
택시 불러 목적지는 내 studio

I got the writer's block so come to
my block
I got the writer's block so come to
my block
I got the writer's block so come to
my block
I got the writer's block so come to
my block
I got the writer's block so come to
my block
I got the writer's block so come to

my block

I got the writer's block so come to my block

I got the writer's block

내 일터는 집하고 녹음실

가는 길이 익숙해진 게 좋은 일인지 모르겠어

뭔가 좀 새로운 느낌 있어야

뭐 좀 나오는 거 아닌지 매번 보는 길

이런 말 해놓고 몇 달째 같은 내 플레이목록

Nas 하고 Jay Hova 와 Biggie, M.E.T.H.O.D. Man

거기에 새것 조금 매일 돌리네

한국의 밤에 가 본 적도 없는 뉴욕 이야기에 뻑 가네

사장들이 봤다면 웃긴 일

이지만 어때 난 아직 그것들이 제일 죽이지

쓸데없는 고집에 꼬맹이 같이 떼쓰는 게 내 모습이래네

근데 난 요즘 한국 래퍼 듣고 좋은 적이 없네 그냥 내가 해야지

Back to basic

모든 시작은 이 basement에서

I got the writer's block so come to my block

I got the writer's block so come to my block

I got the writer's block so come to my block

I got the writer's block so come to my block

I got the writer's block so come to my block

I got the writer's block so come to my block

I got the writer's block so come to my block

I got the writer's block

가만히 앉아 있길 몇 시간째

아까 다 비운 맥주캔 다 핀 담배

새벽이 오고 이젠 잠까지 참네

그래도 이게 투잡 뛰는 거보다 훨씬 낫네

머리가 아파 오지만 끝내 놓지 않고 집에 들어가기가

내키지 않아 아직 내가 못 꺼내 놓은 게 있어

그것만 찾으면 가짜와 내가 구분될 수 있어

노래하는 법 다 까먹어버린 걔는

거래하는 법을 배웠네

그게 여기서 오래하는 법이라며 날 가르
치네
첫 번째 나의 동기는 제일 잘하는 것
그거 말곤 없었는데
이제는 그냥 이 과정에 남는 게 있기를
바랄 뿐이고
하루하루 조금씩 움직여 I'm still in my
studio

I got the writer's block so come to
my block
I got the writer's block so come to
my block
I got the writer's block so come to
my block
I got the writer's block so come to
my block
I got the writer's block so come to
my block
I got the writer's block so come to
my block
I got the writer's block so come to
my block
I got the writer's block

;

원고 마감 때마다 '내적 저항'에 시달린다. 멍하니 있기도 하고, 하루 종일 음악을 듣기도 한다. 아직 하지 않아도 될 청소를 하기도 한다. 평소보다 더 꼼꼼하게 청소에 몰입한다. 책상의 먼지는 왜 그리 눈에 띄는지, 모니터의 얼룩은 왜 그리 눈에 거슬리는지. 넷플릭스에 접속해서 딱히 보고 싶지 않은 영화를 보기도 한다. 눈은 영화를 보고 있지만 다 보고 나서 줄거리도 기억나지 않는 경우가 많다. 몸은 여기 이곳에서 여러 가지 행동을 하고 있지만, 사실 나는 여기에 없다. 마음은 온통 부옇기만 한 아직 오지 않은 '거기'를 불안하게 헤매고 있다. 나는, 몸은, 허깨비인 채로 초점 없는 눈으로 멍하니 음악을 듣고 청소하고 영화를 본다.

이런 내적 저항은 시집을 내고 난 직후에 특히 심하다. 몇 년 동안 구축한 하나의 언어적 세계를 마무리하고 또 다른 세계를 향한 출발점에 섰을 때, 그러나 아직 그 세계로 향하는 길도 그 세계의 내용도 마련되지 않은 상태일 때 그 불확실함이 나를 무겁게 짓누른다. 이것이 흔히들 얘기하는 슬럼프나 라이터스 블록(writer's block)인지 나는 잘 모르겠다. 정도의 차이는 있지만, 시집을 내고 난 후가 아니라도 원고를 쓸 때마다 늘 겪는 일이기 때문이다. 문예지의 시 원고 청탁은 길게는 3개월 전, 짧게는 1달 전에 들어온다. 원고 청탁이 들어오면 평소에 메모해놨던 것들을 뒤적이고 어렴풋이 써야 할 것들을 가늠한 뒤 그 시점부터 스트레스를 받기 시작한다. 마감이 임박할 즈음이면 그 스트레스가 절정에 이른다. 쓰려는, 써야 하는 마음은 그때 몸과 가장 멀리 떨어지게 된다.

이센스의 곡 중 가장 처음 들은 게 하필이면 'Writer's Block'이다. 당연하게도 나는 그의 랩에 쉬이 공감할 수밖에 없었다. 힙합은 내게 낯선 장르였지만, 이 노래 덕분에 힙합의 세계로 한 발짝 더 진입할 수 있게 된 것을 다행이라고 해야 할까.

무표정으로 보는 뉴스
보다가 끄고 문자 온 거 보는 중
야 어디 갈라고 오늘은?
몰라 작업해야지 넌 노는 중?
괜히 조바심에 어제 쓰다 만
거 뒤져봐도 하나같이 구린 가사

버린 이유가 있네 그냥 나갈까?

전에 사다 놓은 맥주는 남았나

없네 아마 그저께쯤에

집에서 5차 정도까지 달린 듯해

청소 안 해서 먼지 쌓인 집에

나와 개 한 마리만 누워 있네

뭐라도 해볼라고 꺼낸 펜으론

줄만 수십 개 그었네 계속

　　벌스 1의 가사들을 들으며 격하게 고개를 끄덕였다. 나는 공감을 넘어 이 말들에서 폐허를 발견했다. 일상은 이따금씩 폐허를 보여준다. 이것이 "청소를 안 해서 먼지 쌓인" 집이 보여주는 지저분한 모습에 대한 비유는 아니다. "줄만 수십 개 그었네"라는 진술과 같이 작업은 진전되지 않고, 동시에 시간도 진전되지 않는다. 화자는 진전되지 않는 시간 속에서 "개 한 마리"와 누웠다. 창작의 먹통 속에서, 집이 말끔하든 지저분하든, 일상의 풍경은 어떤 의미로도 전환되지 않는다. 그저 무의미하게 놓여 있을 뿐이다. 의미로 전환되지 않는 일상은 폐허와 다르지 않다. 그는 지금 그 의미의 폐허 위에 있다. 나도 그 폐허 위에서 음악을 듣고 청소하고 영화를 보고 있었던 것이다. 창작의 진전만이 다시 그 무의미를 의미로 되돌릴 수 있다.

근데 난 요즘 한국 래퍼 듣고 좋은 적이 없네 그냥 내가
해야지
Back to basic[기본으로 돌아가]
모든 시작은 이 basement[지하 작업실]에서

벌스 2에서 그가 "한국 래퍼 듣고 좋은 적이 없네"라고 말하는
것이 힙합에서 말하는 스웨그일까. 사유가 여기에서 그쳤다면 나
는 이 노래를 지금과 같이 받아들이지는 않았을 것이다. 자신감에
가득 찬 한 래퍼의 허세쯤으로 여겼을지 모른다. 그러나 바로 다음
으로 이어지는 "내가 해야지"는 앞의 가사를 다른 뉘앙스로 바꾼
다. 거기선 왠지 "외롭고 높고 쓸쓸한"(백석, 〈흰 바람벽이 있어〉) 태도
가 느껴진다. 다른 누구의 음악도 아닌 오직 나의 음악, 나의 세계
를 만드는 사람은 결국 자기 자신이다. 외부의 평가와 상관없이,
내 세계를 구축하는 메커니즘은 오직 내 창작 행위 안에서만 작동
하는 법이다. 이 노래의 매력은 그 과정을 가감 없이 드러내는 데
있다. 그런 점에서 이 곡은 메타적이기도 하다.

　　나 역시 백석처럼 외롭고 쓸쓸했다. 남들이 쉬이 가지 않는 시
인의 길을 선택했기 때문이다. 인정 욕구와 질투가 불쑥불쑥 솟
았고, 유행과 시류에 대한 유혹도 떨쳐내기 힘들었다. 그러나 그
런들, 내 몸은 그리로 움직이지 않는다. 결국 외부의 평가나 시선
을 거두고 돌아와 보면 남는 것은 "내가 해야지"라는 태도다. 아니,
"내가 잘해야지"이다. 이는 남들보다 더 잘하겠다는 말이 아니다.

어제의 내 언어보다 더 뛰어나고 지금의 내 언어보다 더 새로운 언어를 찾아내고야 말겠다는 말이다. 사실 그게 가장 어렵다. 내가 매번 겪는 내적 저항과 불확실함은 이 욕망에 무섭게 사로잡혀 있는지 모른다. 결국 창작의 과정이란 자기 자신의 과거, 현재와 벌이는 부단한 경쟁이다.

이 노래가 내게 깊은 공감을 불러일으켰던 또 하나의 이유는 "내가 해야지"라는 태도가 창작의 성공을 향해 있지만은 않다는 점에 있다.

> 첫 번째 나의 동기는 제일 잘하는 것 그거 말곤 없었는데
> 이제는 그냥 이 과정에 남는 게 있기를 바랄 뿐이고
> 하루하루 조금씩 움직여 I'm still in my studio[난 아직 내
> 스튜디오에 있어]

창작의 메커니즘 내부에서 창작의 성공과 실패 여부는 외부에서 생각하는 것만큼 그리 단순하지 않다. 때때로 실패해야만 성공에 이를 수 있다. 어떤 외적 성공은 창작물 자체의 차원에서 실패일 수 있다. 때로 창작자에게는 성공과 실패를 의식하지 않고 "하루하루 조금씩 움직"이는 과정에 몸을 맡기는 것이 그가 할 수 있는 전부일 때가 있다. "첫 번째 나의 동기는 제일 잘하는 것 그거 말곤 없었는데"라는 가사는 그러므로 타인의 기준이 아니라 자기 기준에 미치지 못하는 노래에 대한 불만족을 드러내는 말이라고

할 수 있다. 중요한 것은 "이 과정에 남는 게 있기를 바랄 뿐"이라는 것이다. 창작자로선 과정에 자신을 투신하는 일이 창작의 거의 모든 것일 수 있다. 그는 작업실에서 그냥 버틴다. 그럼 뭐라도 되겠지 하는 마음으로.

"I got the writer's block so come to my block". 주문처럼 울리는 훅에서 "block"은 '차단'과 '구역'이라는 이중적인 의미로 작동한다. 의미가 서로 뒤바뀌면서 움직이는 이 주문이 나를 서서히 감염시키는 것 같았다. 수십 년 동안 내적 저항에 시달렸다. 지금 여기를 떠나 저기 어딘가를 헤매는 마음을 매번 다시 몸 쪽으로 되돌아오게 하는 일, 음악 듣고 청소하고 영화를 보고 또 자질구레한 쓸데없는 일들 하면서, 내가 무의식중에 외고 있던 것은 이 주문이 아니었을까. 이 주문은 아직 오지 않은 다른 시간들을 향해 있었을 것이다. 어서 와. 내 동네로. 이 벽을 뚫고 거기로 가게 해줘. 이센스는 그 벽을 계속 두드리는 중이다.

(삶의 밑바닥에서 우린 춤추고 노래해);

김근

정상수 - 달이 뜨면(광대)

우린 춤추고 노래해!
동네서 가장 오래된!
밤이 되면 술고래가 돼!
불타는 저녁노을에 hey!
우린 춤추고 노래해!
동네서 가장 오래된!
밤이 되면 술고래가 돼!
불타는 저녁노을에 hey!

달이 뜨면 슬프게 노래 부를래
동이 트면 아스팔트 위 구를래
목돈을 만들어 시장 바닥을 뜰래
찢겨진 가슴을 달래주는 두견새
광대 짓거리도 지긋지긋해

찰가닥거리는 가위질도 비슷비슷해
비가 오나 눈이 오나 늘 엿 팔러 다니지
쪽 팔러 다니지 저 춤추는 계집애가
바로 내 딸이지 부둣가를 따라
즐비하게 들어선 횟집 동네
코를 찌르는 짠내
물결은 바람을 좇네
흔들리는 불빛 아래 붉게 물들은
얼굴로 게슴츠레 풀린 눈으로
날 보는 어부 아저씨들의 부탁에
한 곡조를 뽑자 숟가락
하나를 집어 술병에 꽂자
늴리리야 날 다려가소

우린 춤추고 노래해!
동네서 가장 오래된!
밤이 되면 술고래가 돼!
불타는 저녁노을에 hey!
우린 춤추고 노래해!
동네서 가장 오래된!
밤이 되면 술고래가 돼!
불타는 저녁노을에 hey!

아침이 되면 나갈 채비를 해
점심을 거른 걸 잊은 채 일을 해
저녁거리를 사서 집으로 향해
짙푸른 바다를 떠도는 삶의 항해
우린 항상 약하고 때로는 강해
가끔 소심하고 가끔 당당해
이럴 때도 저럴 때도 있는
이리저리 고민하고 흔들리는 인생
김새는 날이 있다가도 힘내는
힘들어 죽겠다 하면서도 이겨내는
사람은 참 놀라워 그리고 아름다워
세상에서 오로지 사람만이 가진 파워
아낌없는 사랑을 주기도 하고
이를 가는 복수심에 불타기도 하는
인생의 모습은 마치 공연하는 광대
만사를 장단으로 빚어내는 상쇠

우린 춤추고 노래해!
동네서 가장 오래된!

밤이 되면 술고래가 돼!
불타는 저녁노을에 hey!
우린 춤추고 노래해!
동네서 가장 오래된!
밤이 되면 술고래가 돼!
불타는 저녁노을에 hey!

오늘도 그댄 탈을 뒤집어쓰고
인생이란 무대 위서 무진 애쓰고
힘들어도 지쳐도 let's go 속이
메스꺼워질 때면 주먹으로 가슴을 때려
세상은 되려 이런 내 목을 죄려 하네
현실의 괴리여! 밑으로 내려가네
오 삽시간에 눈 깜짝할 새 지나가는
청춘의 때 돌아와 줘 bring it back!

우린 춤추고 노래해!
동네서 가장 오래된!
밤이 되면 술고래가 돼!
불타는 저녁노을에 hey!
우린 춤추고 노래해!
동네서 가장 오래된!
밤이 되면 술고래가 돼!
불타는 저녁노을에 hey!

;

유튜브 채널 '시켜서하는tv'에서 처음 하게 된 힙합 리뷰가 정상수의 '달이 뜨면'이었다. 남피디는 사전에 어떤 언질도 없이 '달이 뜨면'을 틀고 내 앞에 벌스가 인쇄된 종이를 들이밀었다. 그땐 내가 힙합을 계속 듣게 될 줄은 상상도 못했다.

그때의 영상을 다시 보면 당황스러움에도 어떻게든 곡을 이해해보려고 애쓰는 모습이 역력히 드러난다. 지금 보면 조금 부끄럽기까지 하다. 랩에 어떻게 접근해야 할지 막막했다. 내가 할 수 있는 것이라곤 문학적인 해석밖에 없었으므로, 벌스를 읽고 또 읽었다. 그렇게 여러 번을 읽고 나서야 처음 노래를 들었을 때의 생소함이 조금씩 걷히면서 길이 보이는 듯했다. 다행히 '달이 뜨면'은 충분히 문학적이었다.

곡은 전체적으로 힘차고 신나면서도 쓸쓸하다. 두 번 반복되는 훅에 실린 목소리는 야성적이다. 그 목소리에는 거리의 삶을 온몸으로 헤쳐온 자의 진한 냄새 같은 게 배어 있는 듯하다. 뛰어난 시적 묘사도 그런 분위기를 구축하는 데 한몫한다. "부둣가를 따라/즐비하게 들어선 횟집 동네/코를 찌르는 짠내/물결은 바람을 좇네/흔들리는 불빛 아래 붉게 물들은/얼굴로 게슴츠레 풀린 눈으로/날 보는 어부 아저씨들"의 이미지는 마치 눈앞에 있는 것처럼 생생하다.

> 우린 춤추고 노래해!
> 동네서 가장 오래된!
> 밤이 되면 술고래가 돼!
> 불타는 저녁노을에 hey!

이 노래의 부제는 '광대'이다. "우린 춤추고 노래해"는 당연히 광대의 말이다. "동네서 가장 오래된"은 시의 행간 걸림처럼 앞 가사의 '우리'에도 걸리고 뒷 가사의 '밤'에도 걸린다. 춤추고 노래하는 우리가 동네서 가장 오래된 사람들이라는 말도 되지만, 그 '우리'의 밤이 동네서 가장 오래된 밤이라는 말도 된다. "우리가 춤추고 노래"한 시간도 오래되었고 "술고래"가 되는 밤의 내력도 오래되었다는 의미로 읽힌다. 밤도 우리도 이 동네를 아직 벗어나지 못하고 삶의 절망을 못 이겨 술고래가 되고, 그 삶의 절망이 춤과 노래로 풀려나온다. 희극만을 연기해야 하는 광대의 배후에 삶의 비극이 자리하고 있다는 역설이 이 훅에 실려 있다.

벌스 1은 그 '밤'과 광대의 내력을 본격적으로 풀어낸다. 내 머리를 때렸던 것은 광대의 삶의 구체성이었다. 광대는 음악가가 상투적으로 이입하고 상상하기에 쉬운 직업이다. 이 노래의 광대도 우리가 익히 알 만한 상투적인 광대로 묘사될 수도 있었다. 그러나 이 노래에 등장하는 광대는 추상적이거나 피상적이지 않다. 적어도 벌스 1의 화자는 매우 구체적인 삶의 내력을 지닌 채 살아 움직인다.

노래 내용으로 알 수 있듯 그는 엿장수 광대인 듯하다. 커다란 엿장수 가위를 흔들며 부둣가 시장 바닥을 돌며 엿을 판다. 어쩌다 부둣가 술자리의 어부들이 노래를 청하면 기꺼이 술병에 숟가락을 꽂고 한 곡조 뽑는다. "동이 트면" 아스팔트 위에서 엿을 팔고 광대짓을 하고 노래를 부르며 돈을 벌지만, 그에게는 슬픈 이력이 있는 듯하다. "달이 뜨면" 비로소 그의 내면의 슬픈 노래를 만나게 된다. 광대의 낮과 밤은 대비된 감정을 드러낸다. 남들 앞에서 아무렇지도 않게 우스꽝스러운 광대짓을 하는 게 그의 겉모습이라면 진한 슬픔이 자리잡은 자리는 그의 내면이다. '달'은 그러므로 그의 내면을 비추는 상관물인 셈이다. "밤이 되면 술고래가 돼"는 그 시간은 내면의 슬픔과 마주하는 시간이기도 하다.

찰가닥거리는 가위질도 비슷비슷해

비가 오나 눈이 오나 늘 엿 팔러 다니지

쪽 팔러 다니지 저 춤추는 계집애가

바로 내 딸이지 부둣가를 따라

즐비하게 들어선 횟집 동네

코를 찌르는 짠내

물결은 바람을 좇네

　화자의 슬픔은 그의 곁에 있는 딸아이와도 깊은 관련이 있어 보인다. "쪽 팔러 다니지"라는 가사 바로 뒤에 "저 춤추는 계집애가/바로 내 딸이지"가 이어진다. 아이가 사람들 앞에서 춤을 출 때 화자의 심정은 복잡하다. 어쩔 수 없이 지금은 이곳에서 엿장수 광대 일을 하고 있지만, 목돈을 만들어 딸과 함께 이곳을 뜨고 싶은 마음뿐이다. 그러니 "광대 짓거리도 지긋지긋"하고 매일 반복되는 "찰가닥거리는 가위질"의 박자도 "비슷비슷"하게 들릴 수밖에 없다. 더 이상 쪽 팔고 싶지 않은 것이다.

　엿장수는 단순히 엿을 파는 직업이 아니었다. 과장된 몸짓으로 커다란 가위로 철거덕철거덕 리듬을 만들어내고 입담과 너스레는 여간 아니어서 엿 사러 오는 아이들은 거의 그의 손아귀에 사로잡혀 있는 거나 다름없었다. 아이들은 커다란 엿판 위에서 신들린 듯 움직이는 그의 현란한 손놀림을 바라보며 리어카에 매달려 침을 흘리곤 했다. '엿 바꿔 먹었다'는 말이 있는 것처럼 돈을 주고 엿을 사는 일은 드물었고, 집 안의 찌그러진 냄비나 못 쓰게 된 잡동사니를 가져가면 엿으로 바꿔주었다. 가끔은 멀쩡한 냄비를 일부러 찌그러트려 엿으로 바꿔 먹다 어머니에게 들켜 혼쭐이 나는 아이들도 더러 있었다. 지금도 크게 달라지진 않았지만, 고물을 취급하는 일을 천하게 여기던 시절이었다. 광대짓도 마찬가지이다. 이 노래의 화자도 그런 멸시의 시선을 견뎌왔을 것이다. 해서 그런 밑바닥 삶에서 벗어나고 싶다는 바람은 어찌 보면 당연하다. 거기에 혼자 키워야 하는 딸아이가 있다면 더더욱.

아침이 되면 나갈 채비를 해
점심을 거른 걸 잊은 채 일을 해
저녁거리를 사서 집으로 향해
짙푸른 바다를 떠도는 삶의 항해
우린 항상 약하고 때로는 강해
가끔 소심하고 가끔 당당해
이럴 때도 저럴 때도 있는
이리저리 고민하고 흔들리는 인생
김새는 날이 있다가도 힘내는
힘들어 죽겠다 하면서도 이겨내는

이 노래가 벌스 1에서 그쳤다면 그저 특별한 사연을 지닌 엿장수 화자의 삶을 엿보는 것으로 끝났을지 모른다. 그러나 벌스 2,

벌스 3은 광대의 특수한 삶을 보편적 삶으로 확대한다. 벌스 2에서는 벌스 1에 등장한 광대의 일상을 풀어냈다. 이는 광대의 일상이기도 하지만 현재를 살아가는 보편적인 사람들의 일상과 닮아 있다. 혹에서 지시하는 "오래된"의 시간성이 벌스 2에서 광대의 삶과 현대인의 삶을 중의적으로 껴안는다고 할 수 있다. 그러면서 광대는 "인생의 모습은 마치 공연하는 광대"라는 가사에서 인생을 비유하기 위한 보조관념의 자리로 물러난다.

"김새는 날이 있다가도 힘내는/힘들어 죽겠다 하면서도 이겨내는" 사람들과 "아낌없는 사랑을 주기도 하고/이를 가는 복수심에 불타기도 하는" 삶의 면면과 굴곡들이 광대의 공연에 비유된다. 어쩌면 광대 같은 삶이라는 것은 다소 식상한 비유일 수 있다. 그러나 이 노래의 광대라는 단어에서 우리는 피상적인 것과는 거리가 먼 짙은 슬픔을 느끼게 된다. 우리가 벌스 1에서 구체적인 광대의 삶을 온몸으로 체감한 탓이다.

> 사람은 참 놀라워 그리고 아름다워
> 세상에서 오로지 사람만이 가진 파워
> 아낌없는 사랑을 주기도 하고
> 이를 가는 복수심에 불타기도 하는
> 인생의 모습은 마치 공연하는 광대
> 만사를 장단으로 빚어내는 상쇠

벌스 2에서 가장 눈에 띄는 가사는 화자가 "세상에서 오로지 사람만이 가진 파워"를 발견하는 부분이다. 이제 이 화자는 광대가 아니다. 현대를 살아가는 우리들 자신이다. 앞서 보여준 광대의 삶이 절망과 슬픔에도 불구하고 삶에 대한 긍정적 희망으로 덧입혀지는 것이다. 벌스 2 마지막 가사에서, 밑바닥 삶을 진하게 대변했던 광대는 "만사를 장단으로 빚어내는 상쇠"라는 다른 차원의 의미를 부여받는다. 보편적 삶의 굴곡을 장단으로 풀어내고 삶의 절망에서 빚어 올린 신명으로 "우린 춤추고 노래해"라는 말에 힘이 실린다.

오늘도 그댄 탈을 뒤집어쓰고

인생이란 무대 위서 무진 애쓰고

힘들어도 지쳐도 let's go 속이

메스꺼워질 때면 주먹으로 가슴을 때려

세상은 되려 이런 내 목을 죄려 하네

현실의 괴리여! 밑으로 내려가네

오 삽시간에 눈 깜짝할 새 지나가는

청춘의 때 돌아와 줘 bring it back!

벌스 3은 예술가로 거듭난 광대의 노래다. 인생이란 무대 위에서 탈을 뒤집어쓰고 무진 애쓰는 한 사람의 삶이 광대의 감각을 지닌 채 형상화되고 있다. 마지막에 여러 번 반복되는 혹은, 여전한 도입부의 흥겨움에 여러 복합적인 감정들이 섞여들게 된다.

'달이 뜨면'은 내가 막연히 생각했던 랩이 아니었다. 한국적이었으며 또한 서정적이었다. 이렇게까지 삶의 구체성을 갖춘 화자를 대중가요에서 발견하는 일은 드물기도 해서 나는 꽤 당황했다. "뭐지? 왜 이런 표현을?"이라고 질문을 던질 수밖에 없었다. 종종 래퍼들이 자신의 가사를 시라고 부르는데, 이 노래는 분명 그런 문학성을 갖추고 있다. 나는 이 노래를 통해 힙합의 매력에 조금씩 빠져들었다. 아직도 헤매지만 벗어나기는 힘든 그런 매력 말이다.

(불안이 만든
전위적 유희) ;

김근

래원 - 원효대사

오늘도 본을 떠 원효대사 해골물
오 월 로제 미카사 아커만
Don't worry 돈과 빚, 재산 해결 못 해
정월대보름에 늑대야 에구머니나
원효대사 오면 절이 엎어지고
현역 대상 오 불합격 추억팔이 은폐 엄폐
어우 연애는 나 못 해 저기 오빠 또 해줘
저녁에 소고기 쏴버려 엎어 지갑

래원이는 원효대사 now
잃어버린 대사관엔
루머에 가린 패싸움 달인
이름 모를 그 사나이
피곤해 방콕해 직원 해방

100원에 박혀 있는 뜨거운 파편
비구름 밖 지구 네 바퀴
비굴의 파견 미군의 방패
보아뱀 닮아버린 반 페르시
부합해 루시퍼 베드신
발포해 리스폰 페르시아 완패를 시켜
죽은 애들과 붉은 횃불
빅원의 품은 포근해 woo
량주 먹고 토해 알고 보니 해골물
담주목금토일 like 거머리의 그물
설총 사회적 파장 가져와
서울 종각에 프란체스카 guess what?
카드 보안 필수 카르마 티리비
두 팀이 비슷한 순간

산송장 빌의 버저 비트
스필버그 링컨 휘파람 비트 틀고
NBA 번호 뒤에 달아
부리나케 달아나
파란 하늘 나무늘보 나문희 호박 고구마
필트오버 블리츠 how much?
겨울에 얼어버린 미토콘드리아
아랍에미레이트 항공
부익부 빈익빈
미필이 부린 객기
Fred Perry 구입
뿔뿔이 대피
구름 위를 걸으면 VIP
그림을 그려봐 머피의 법칙

또 본을 떠 원효대사 해골물
오 월 로제 미카사 아커만
Don't worry 돈과 빚, 재산 해결 못 해
정월대보름에 늑대야 에구머니나
원효대사 오면 절이 엎어지고
현역 대상 오 불합격 추억팔이 은폐 엄폐
어우 연애는 나 못 해 저기 오빠 또 해줘
저녁에 소고기 쏴버려 엎어 지갑

아빠 저금통 500원짜리
누가 자꾸 털어 암행어사 필요해
치고 박고 싸워 지구본이 손에 느껴져
그토록 설레발 애써 네이버

뒤져봐도 안 나오는 헛된 바램
수원대 입구 앞에 벌어대 guap
허파에 바람 들어가서 부활해
어차피 떠나갈 새끼들 보임
충고 때려 넣고 이어폰 꽂고 poem
그대로 보여줘 카톡으로 ㅋㅋ that point
뻔하지 카테고리 똥글에 부워
래원인 반칙 꼬라박지 rhyme shit
영원히 갇힌 네 힙합이 나의 간식

;

오늘도 본을 떠 원효대사 해골물

오 월 로제 미카사 아커만

Don't worry 돈과 빚, 재산 해결 못 해

정월대보름에 늑대야 에구머니나

원효대사 오면 절이 엎어지고

현역 대상 오 불합격 추억팔이 은폐 엄폐

이건 뭐지? 래원의 원효대사를 처음 들었을 때 든 생각이다. 원효대사와 일본 애니메이션 '진격의 거인'의 주연 미카사 아커만과 정월대보름의 늑대와 현역 대상의 상관관계를 미처 다 파악하기 전에 오직 라임에 의해서만 전개되는 듯한 말들이 쉴 새 없이 쏟아진다. "래원이는 원효대사 now/잃어버린 대사관엔/루머에 가린 패싸움 달인/이름 모를 그 사나이"라고 벌스가 이어질 때 다른 말은 거의 안 들리고 오직 라임만 강조된다. 게다가 "사(싸)"는 피치를 올려 가성으로 처리하면서 "대(패, 그)"보다 더욱 도드라진다. 얼핏 들으면 '사—사—사—사'만 일정한 리듬으로 반복되는 것처럼도 느껴진다. 그런데 이상하게도 마치 무작위적으로 때려 박은 듯한 이 라임들과 독특한 악센트들이 내 귀에 묘한 쾌감을 불러일으키는 것이다.

이어지는 벌스도 변화무쌍한 플로우 구성과 놀리는 듯한 발성의 싱잉으로 귀를 즐겁게 한다. 가사에 등장하는 역사·문화적 레퍼런스로부터 굳이 의미를 찾자면 어떻게든 해석을 할 수는 있겠지만, 그럴 필요를 전혀 느끼지 못했다. 이것들은 서로 연결고리를 만들기보다는 오직 노래를 라임 구성을 통해 전개시키는 데만 집중하기 위한 장치처럼 보였다.

다만 이 레퍼런스들이 화자의 자의식을 구성하고 있다는 정도는 짐작이 된다. 그렇다면 이 노래의 제목은 왜 원효대사일까? "래원이는 원효대사 now"에서처럼 화자는 원효대사와 자신을 동일시하고 있다. 노래 처음에 "오늘도 본을 떠 원효대사 해골물" 같은 가사를 통해 유추해보면 원효의 깨달음을 자기화하려는 시도일 수도 있겠다.

원효대사의 일화 중 가장 유명한 해골물 이야기는 다음과 같다. 원효는 의상과 함께 당나라 유학길에 올랐다. 어느 비 내리는 어두운 밤 동굴에서 비를 피했는데 잠결에 목이 말라 바가지에 담긴 물을 시원하게 마셨다. 다음 날 깨어보니 동굴은 무덤 속이었고 자신이 마신 물은 해골에 담긴 물이었다. 경악하고 구토를 하긴 했지만, 그는 모든 것은 마음먹기에 달렸다는 깨달음을 얻고 당나라 유학을 포기했다. 신라로 돌아온 이후 원효대사는 민중들에게 불교를 설파하는 일에 힘썼다.

"원효대사 오면 절이 엎어지고"만 보면 자신의 음악에 원효를 장착하고 판을 갈아엎겠다는 의지도 읽히지만, 바로 다음 가사인 "현역 대상 오 불합격 추억팔이 은폐 엄폐"는 그 의지의 좌절로 읽힌다. "량주 먹고 토해 알고 보니 해골물"에서 뭔가 번쩍거리는 깨달음이 화자의 정신을 관통했으리라 추측해볼 수도 있다. 그러나 나는 아무래도 이 가사들이 어떤 연결고리를 가지고 이어지는 것 같지 않다. 사실 '원효대사'도 '래원'의 '원'에서 우연히 연상된 단어가 아닐까 하는 의심을 지우지 못했지만, "설총 사회적 파장 가져와"라는 가사에 이르러서는 어쩔 수 없이 웃음을 터뜨릴 수밖에 없었다.

제목이 '원효대사'여서 설총이 등장한 것은 이해가 가는데, 설총을 현대로 소환해서 신문 기사의 헤드라인처럼 표현한 가사는 전혀 예측할 수가 없는 발상이어서 정말이지 웃음을 참을 수 없었다. 알다시피 설총은 원효대사와 태종무열왕의 딸 요석공주 사이에서 태어났다. 원효대사 실천적 불교를 설파함으로써 당대 존경받는 큰 승려였다면 설총은 학자이자 정치가이다. 그 설총이 가져

온 사회적 파장은 무엇이며 화자가 사는 현재에 설총은 무엇으로 비유될 수 있을까? 알 수 없다. 단지 이런 의외의 위트와 라임들의 공격에 귀를 맡길 뿐이다.

전반적으로 래원의 목소리는 살짝 들떠 있다. 하지만 이 들뜸은 우리가 익히 알고 있는 흥분 상태와는 분위기가 다르다. 뭔가 제정신이 아닌 것 같은 느낌이라고 할까. 제정신이 아닌 자가 뱉어내는 무의식적 자동기술쯤으로 그의 가사를 치부해버린다면 지금 노래를 들여다보는 이 작업은 무의미한 일일 것이다. 그러나 나는 그가 뱉어내는 말에 얹힌 기묘한 감정이 자꾸 신경이 쓰였다. 이어달리기를 하는 듯한 말들은 충분히 유희적인데 거기에 실리는 감정은 그 유희적인 말과는 자꾸 분리되고 있다는 생각을 지울 수 없었다. 사실 제정신이 아니라는 말은 이미 그가 자신의 말을 통제할 수 없는 지경에 이르렀다는 말도 된다. 제정신이 아닌 자의 말은 그러므로 필연적으로 감정의 주체, 곧 목소리의 주체와 말의 주체를 분리시킬 수밖에 없다. 들뜸은 그 분리, 분열에서 발생한 아이러니가 아닐까.

벌스 1이 무작위적으로 보이는 말들을 과잉되게 몰아붙임으로써 목소리의 주체와 말의 주체의 분열을 보여준다면, 벌스 2는 비록 파편적이긴 하지만 그 과잉이 어디에서 비롯되었는지를 짐작하게 한다.

아빠 저금통 500원짜리

누가 자꾸 털어 암행어사 필요해

치고 박고 싸워 지구본이 손에 느껴져

그토록 설레발 애써 네이버

뒤져봐도 안 나오는 헛된 바램

수원대 입구 앞에 벌어대 guap [아주 아주 많은 돈]

허파에 바람 들어가서 부활해

　아마도 아빠의 저금통에서 500원짜리를 자꾸 털어가는 사람
은 화자 자신일 것이다. 화자의 현실은 500원짜리를 찔끔찔끔 털
어갈 만큼 지질하고, 네이버에서 자기 이름을 검색해도 프로필이
뜨지 않는다. 허파에 바람이라도 들지 않으면 버틸 재간이 없을
정도로 미래가 불확실하다. 마지막 가사, "래원인 반칙 꼬라박지
rhyme shit [라임 쪼가리] /영원히 갇힌 네 힙합이 나의 간식"은 "어차
피 떠나갈 새끼들"로 보이는 리스너들에게 보내는 으스댐처럼 보
이기도 하지만, 불확실함에도 끝내 포기할 수 없는 꿈에 대한 의지
처럼도 보인다. 벌스 1에서 느껴지던 그 분리와 분열은 이런 불확
실함으로 가득 찬 현실의 불안으로부터 기인했을 것이다. 그러나
불확실과 불안이야말로 젊음의 가장 큰 특성이자 중요한 동력원
인지 모른다.

　불확실과 불안이 만든 무의미한 말들의 나열은 그 말들을 의
미화하려는 자를 가뿐히 배반하고도 남는다. 래원의 가사는 상식

적 의미의 세계에 갇힌 자를 사정없이 후려친다. 그런 고루한 의미로 나를 파악하려 하지 말라고. 그러므로 래원의 '원효대사'를 그렇게 진지하게 의미 부여하며 들을 일만은 아니라는 게 나의 결론이다. 의미보다는 그의 태도와 기묘한 감정에 집중해도 이 노래를 들을 이유를 충분히 찾을 수 있을 것이다. 사실 전위는 상식적 의미로 이해되지 않는 방식으로 탄생한다. 전위는 그렇게 세상을 변화시키며 한 번도 경험해보지 못한 곳으로 우리를 이끄는 것이다.

그의 노래가 전위적이라거나 하는 것은 어쩌면 꼰대의 수사에 불과할지 모르지만, 분명한 것은 래원이 아직 젊다는 사실이다. 기성의 질서를 뒤흔들고 새로운 질서를 만들어나가는 것은 당연하게도 젊음의 몫이다. 그에게 한 대 세게 얻어맞은 나는 그의 노래에 귀를 맡긴 채 라임의 폭격에서 허우적거리며, 그의 행보가 또 어떤 새로움으로 우리를 이끌지 가만히 지켜볼 뿐이다.

(그 고난에 우리도 함께하나니);

남피디

허클베리피 - Everest

그곳은 꿈꾸는 모두를 집어삼키는 무덤
하루에도 몇 구씩 발견되는 싸늘한 주검
하늘 아래 가장 높게 솟은 새하얀 구멍
꼭대기에 대한 상상은 내겐 오래된
즐거움

정복을 쉽사리 허락지 않는 그곳
덕분에 어떤 이들에겐 영원한 바늘구멍
허나 모두의 마음을 뺏는 요소도 바로
그것
그래 나 역시도 그것 때문에 가려는 거야
어떤 이의 성공담을 죄다 옮겨놓은 책
떨리는 내 두 손으로 꽉 움켜쥐었네
모두의 걱정을 배낭 안에다 싹 구겨

넣은 채
어깨 위에 올려놓으니 무게가 느껴져
이제야
제각기 다른 모양을 한 배낭을 짊어지고
각자 믿는 신 또는 무언가에게 잠시 기도
서로의 어깨를 두들기며 약속해
모두 정상에서 보기로

한발 앞서 걸어간 이들이 남겨놓은
발자국
전혀 보이지 않아 난 찾아 헤맸지 한참을
뭔가를 따라가는 방식에만 길들여진
나에게 그 상실감은 꽤 견디기 힘들었지
오늘 또 한 명의 동료를 보내야만 했네

그는 나와 저 밑에서 맺은 굳은 맹세에 대해

끝내 지키지 못한 자신을 원망하면서

나지막이 말해 애초에 오는 게 아니었어

책으로 접한 지식은 모두 부질없네

이 빌어먹을 눈보라는 당최 멈추질 않네

그 눈보라가 내 친구의 자취를 지운 것처럼

나의 존재도 지워버릴지 몰라 어쩌면

배낭의 무게보다 날 괴롭히는 건

자꾸 부정적인 생각들이 날개를 펴는 것

그저 바라보는 것만으로 만족해야 했을까?

고개를 저으며 발을 뗄 때 가던 길을 계속 가

난 이 악마 같은 언덕 위에 몇 안 남은

작은 점

떨어지지 않는 두 발을 떼게 만드는

가짜 긍정

마주친 모든 이에게 들은 불가능이란

단어

듣기도 뱉기도 싫어 내 두 귀를 틀어막아

시체로 발견된 그는 어린 시절 나의 영웅

이젠 누군가의 주검을 보고 싶지 않아

더는

허나 무엇보다 보고 싶지 않은 건 돌아

선 후

모든 게 부질없다며 비웃는 저 패배자들

의 얼굴

그들 중 한 명으로 기억되길 원치 않아 난

일부러 두 눈동자를 꼭대기에 매달아 놔

애초에 오지 않았다면 겪지 않았을 호흡

곤란도

숨 쉬고 있다는 증거쯤으로 여기며 나아

가 난

어깨에 짊어진 배낭의 무게

내가 뱉어놓은 말의 무게

모든 것들이 날 괴롭게 해

허나 결국 도착했을 때

아래를 보는 나의 눈에 비칠 풍경을

상상해보네

그래 난 그 상상의 노예

그게 내 두 발을 잡아끄네

그곳은 꿈꾸는 모두를 집어삼키는 무덤

하루에도 몇 구씩 발견되는 싸늘한 주검

하늘 아래 가장 높게 솟은 새하얀 구멍

꼭대기에 대한 상상은 내겐 오래된

즐거움

;

여기 끝까지 우리를 사로잡는 목소리가 있다. 그 목소리는 다소 앳
되고, 비장하지만, 주변을 의식한 듯 신경질적이기도 하다. 그는
여러 번 복기해본 터라 쓸데없는 말들은 다 빠진 경험담을 어두운
무대의 스포트라이트 아래서 들려주는 듯, 독백으로 일관한다. 시
종 진지한 비관과 부정적인 비전은 혹시 그가 실패한 등반가는 아
닌지 의심하게 한다. 마치 연극 무대를 보는 것처럼 숨죽이며 그의
격정과 감정의 분출에 몰입하며 이야기를 경청하는 청중들. 다소
사색적이며 진부한 비유이긴 하지만 그럼에도 끝까지 우리의 상
상력을 잡아끄는 이 목소리의 주인공은 허클베리피다.

　　세계에서 가장 높고 그만큼 등반도 가장 힘든 봉우리 에베레
스트는 래퍼로서 가장 높은 커리어를 뜻할 것이다. 도입부 가사에

서 드러나는 전설로 남을 명반, 자기 삶의 내용을 담은 부끄럽지
않은 앨범을 만들어내려는 힙합적 동경에 우리는 자연스레 성공
에 대한 각자의 갈망을 빗대어보며 이 등반에 동참하게 된다.

> 정복을 쉽사리 허락지 않는 그곳
> 덕분에 어떤 이들에겐 영원한 바늘구멍
> 허나 모두의 마음을 뺏는 요소도 바로 그것
> 그래 나 역시도 그것 때문에 가려는 거야
> 어떤 이의 성공담을 죄다 옮겨놓은 책
> 떨리는 내 두 손으로 꽉 움켜쥐었네
> 모두의 걱정을 배낭 안에다 싹 구겨 넣은 채
> 어깨 위에 올려놓으니 무게가 느껴져 이제야
> 제각기 다른 모양을 한 배낭을 짊어지고
> 각자 믿는 신 또는 무언가에게 잠시 기도

이 곡은 등반의 과정을 자세히 기술하고 있다. 시작에 앞서 나
를 사로잡는 정상의 숭고한 의미를 밝히고("어떤 이들에겐 영원한 바늘
구멍/허나 모두의 마음을 뺏는 요소도 바로 그것"), 준비 과정에서 접한 프론
티어들의 등반 경험기에 자극을 받는다.("어떤 이의 성공담을 죄다 옮겨
놓은 책/떨리는 내 두 손으로 꽉 움켜쥐었네") 이 자료들은 힙합씬에 입문
하면서 그가 들었던 전설들의 명반과 같을 것이다. 이제 준비물을
챙긴 나는 "걱정을 배낭 안에다 싹 구겨 넣은 채" 짐과 부담의 "무

게"를 느끼며 기대감과 공포감이 뒤섞인 출발의 문턱에 선다. 그리고 출정.

> 서로의 어깨를 두들기며 약속해
> 모두 정상에서 보기로

같은 목표를 향하는 이들에게 동료는 필수이다. 혼자가 아니라는 생각, 그들과 함께 있어서 든든하다는 생각은, 하지만 여정의 과정에서 곧장 절망감으로 돌변한다. "또 한 명의 동료를 보내야만 했네/그는 나와 저 밑에서 맺은 굳은 맹세에 대해/끝내 지키지 못한 자신을 원망하면서/나지막이 말해 애초에 오는 게 아니었어". 같은 꿈을 좇으며 동고동락하던 화자에게 친구의 후회는 암울한 전망을 몰고 온다.

거침없이 휘몰아치는 눈보라와 추위, 호흡곤란, 발걸음을 떼기 어렵고 숨조차 쉴 수 없는 비탈길에 서서 나아가지도 되돌아갈 수도 없는 순간이 오면, "책으로 접한 지식"은 부질없고 눈보라는 "내 친구의 자취를 지운 것처럼/나의 존재도 지워버릴지 몰"라, 심란함을 가중시킨다. 육체적인 힘듦보다 정신적인 충격이 그의 여정을 압도하고 목표는 이미 흐릿해졌다. "배낭의 무게"보다 화자를 괴롭히는 것은 "자꾸 부정적인 생각들이 날개를 펴는 것"이다. 흔히 말하는 '자신과의 싸움 단계'로 진입한 것이다.

"그저 바라보는 것만으로 만족해야 했을까?" 후회가 들지만 여기까지 왔으니 끝을 보고 싶다는 생각도 든다. "고개를 저으며 발을 떼 가던 길을 계속 가"자고 내면의 목소리가 미약하게나마 그를 이끈다.

　한계 앞에서는 무엇도 정답으로 보이지 않는다. 자꾸만 등반 초기에 유유히 먼저 되돌아간 동료가 생각나고, 그가 지금쯤 누리고 있을 따뜻한 휴식이 머리에 맴돌며 나를 유혹한다. 나는 지금 무엇을 위해서 가고 있나? 내 노력의 가치를 다른 사람들이 인정해줄까? 대답을 찾지만 돌아오는 것은 값싼 자기 최면 같은 것들 뿐. 한 걸음 한 걸음이 의지가 소거된 무의미한 자극처럼 느껴진다. 감각은 점점 무뎌지고 거센 눈보라 때문에 지금 걷는 길이 위로 가는 길인지 아래로 내려가는 길인지도 확신할 수 없다.

난 이 악마 같은 언덕 위에 몇 안 남은 작은 점
떨어지지 않는 두 발을 떼게 만드는 가짜 긍정
마주친 모든 이에게 들은 불가능이란 단어
듣기도 뱉기도 싫어 내 두 귀를 틀어막아
시체로 발견된 그는 어린 시절 나의 영웅
이젠 누군가의 주검을 보고 싶지 않아 더는
허나 무엇보다 보고 싶지 않은 건 돌아선 후
모든 게 부질없다며 비웃는 저 패배자들의 얼굴
그들 중 한 명으로 기억되길 원치 않아 난
일부러 두 눈동자를 꼭대기에 매달아 놔

애초에 오지 않았다면 겪지 않았을 호흡곤란도
숨 쉬고 있다는 증거쯤으로 여기며 나아가 난

그럼에도 나를 기어이 움직이게 만든 것은 무엇일까? 자기 최면 같은 "가짜 긍정"일까? 그보다는 "마주친 모든 이에게 들은 불가능이란 단어"에 대한 반발심 때문일 것이다. 낙오한 이들의 주검을 보는 것보다 더 싫은 것은 "모든 게 부질없다며 비웃는 저 패배자들의 얼굴"이다.

결국 상상 속에 갇힌 자아는 그 상상 속에서 해답을 찾아야 한다. 나는 "그들 중 한 명으로 기억되길 원치 않"기 때문에 나아간다. 호흡곤란으로 숨쉬기 어려워도 내가 뱉은 말의 무게를 견디고 선 저 위에서 내려다보는 풍경을 상상하는 것만으로도 그는 족하다고 생각한다. 마침내 나는 "그래 난 상상의 노예/그게 내 두 발을 잡아끄네"라고 인정한다. 나는 정상으로 향하는 도정이 육체적인 고난도 동료들과의 협업도 아닌 생각과 태도로 인해 좌우되는 일이라는 사실을 밝혀낸다.

그가 정상을 정복했는지, 그랬다면 어떻게 산을 내려왔는지, 노래는 알려주지 않는다. 자기 부정보다 강한 신념을 어떻게 유지했는지도 알 수 없다. 무수한 고난이 그의 삶에 계속 존재했고, 선지자들처럼 그 여정을 노래를 통해 기록하고 있다는 사실만은 분명하다.

꼭대기에 대한 상상은 내겐 오래된 즐거움

이 가사는 추구하는 목표를 위한 정신적 투쟁과 그 세부를 보여준다. 최정상의 위치에서 겪는 우월한 시야가 거기까지 오르는 노력을 과연 보상해줄 수 있을까? 아니 매번 그렇지 않을 것이다. 오히려 우리가 계속 앞으로 나아가야 하는 이유 중 하나는 자신을 인정하고 고독을 음미하는 법을 익히기 위해서일 수도 있다. 인간은 같이 어울려 살아가면서도 늘 혼자 있을 공간을 염탐하고 갈구한다. 나의 시선을 내 안으로 집중시킬 수 있는 장소를 우리는 꿈꾼다. 그 장소가 꼭 에베레스트여야 할 이유는 없다.

조와 함께한 시간 | 김근
QM 3집 〈돈숨〉

1

촬영을 준비하러 삼청동 남피디의 작업실에 갔는데, 남피디가 구독자로부터 메일이 왔다고 말했다. 종종 구독자들이 남피디에게 메일을 보내거나 인스타그램 DM으로 메시지를 보내 리뷰해줬으면 하는 힙합 곡들을 추천하는 일이 종종 있어서 이번에도 그런 줄 알았다. 그런데 구독자가 한번 찾아와도 되겠냐고 했다는 것이다. 좀 뜻밖이었다. 촬영 장소가 아닌 다른 장소에서 내게 구독자라며 인사하는 경우는 종종 있었지만 직접 찾아오겠다고 말한 구독자는 처음이었다. 이어서 남피디가 전하기로는 우리에게 줄 선물이 있다고 했단다. 그의 정체가 조금 불안하고 낯설기는 했지만 궁금하고 고마운 일이기도 했다. 한편으로는 그의 적극적인 자세에 살짝 호기심도 들어서 일단 그를 보기로 했다.

그다음 주에 그는 우리를 찾아왔다. 그가 들어섰을 때 우리는 놀랐다. 이십대 중반의 미국인일 거라고는 상상하지 못했다. 자신을 조(Joe)라고 소개했다. 그가 한국의 한 대학원에서 재미교포 힙합

연구로 석사학위를 받았다는 데서 우리는 또 한 번 놀랐다. 그는 건실해 보였고 자존심이 강해 보였다. 한국어 또한 어색함이 없었다 (그는 자신이 한국어를 잘한다는 사실에 초점이 맞춰지는 것에 대해 거부감이 있었다). 함께 이야기를 나누다 보니 한국의 여느 젊은이와 다를 바가 없었다. 초면이라 약간의 수줍음과 어색함이 엿보였지만, 자신의 전문 분야인 힙합에 대해 얘기할 때는 열정을 숨기지 않았다. 그 모습이 아름다웠고 나는 그의 말 앞에서 시종 흐뭇한 미소를 지을 수밖에 없었다.

그가 우리에게 내민 선물은 《힙합의 시학》(애덤 브래들리 지음, 김봉현, 김경주 옮김, 글항아리, 2017)라는 책이었다. 힙합과 랩의 발생 배경과 발전 과정, 랩 안에서의 언어적 작용(리듬·라임·수사 등), 전통적 시학과의 관계, 소통 방식, 음악적인 요소(비트 등), 힙합씬의 독특한 문화에 대해 비교적 자세히 기술한 책이었다. 그는 내가 힙합 리뷰에서 가사 해석을 넘어서 좀 더 다양한 힙합적 요소들을 분석했으면 하는 바람에서 그 책을 선물했다고 한다. 그 책을 읽고 힙합에 대해 본격적이고 전문적인 지식을 얻게 된 것은 내게 큰 소득이었다.

그와 함께 《힙합의 시학》 리뷰도 하고 그가 힙합을 연구하게 된 계기 등을 인터뷰하기도 했다. 이후 그는 우리 영상에 자주 등장했다. 단독으로 영상에 등장하기도 하고 나와 함께 등장하기도 했다. '한국 힙합의 한영 혼용'을 다룬 영상은 그가 한국 힙합에 대해 지닌 애정과 문제의식을 드러내기에 충분했다. 사실 그를 자주 불러 함께 영상을 찍게 된 것은 그가 한국에서 공부를 마치고 미국으로 돌아갈 날이 얼마 남지 않아서였다. 좀 더 일찍 그를 만나더라면 좋았을 텐데, 나도 남피디도 아쉬운 마음이었다. 그 인연이 우리로선 무척 소중하게 느껴졌다. 우리가 유튜브 채널 '시켜서하는tv'를 운영하지 않았다면, 힙합 리뷰를 하지 않았다면 결코 만날 수 없는 인연이었다.

2

QM의 〈돈숨〉은 함께 힙합 앨범을 리뷰하면 어떻겠냐는 제안에 조가 추천한 앨범이었다. QM에 대해선 익히 알고 있었다. 댓글로 리리시스트인 QM의 곡을 추천하는 사람들이 많았던 터라 '그랬대'나 '중앙차선' 같은 곡을 이미 리뷰한 상태였다. 문예창작을 전공해서인지 그의 가사가 시적이라는 인상은 있었다. QM의 앨범에서는 개별 곡을 들을 때와는 다른 묵직한 서사적 흐름을 읽을 수 있었다.

〈돈숨〉은 2020년에 발매된 QM의 세 번째 정규 앨범이다. 전반적으로 음악적 신념과 경제적 어려움, 미래에 대한 불안, 소외된 유년, 가족에 대한 책임감 등을 토로하듯이 풀어낸 11개 트랙으로 이루어져 있다. 넉살·화지·타이거JK·비비·저드·쿤디판다가 피처링으로 참여했다. 앨범 커버에는 외딴 배에 몸을 싣고 돈으로 이루어진 바다를 건너 멀리 보이는 빌딩으로 가득한 섬을 향해 가는 한 사람의 이미지가 표현되어 있다. 돈 색깔을 떠올리게 하는 단색의 톤과 암울한 고딕의 분위기가 인상적이다.

커버 이미지처럼 이 앨범은 항해의 감각으로 진행된다. '카누' 처럼 배가 제목으로 나오기도 하고 중간중간 배나 항구, 뱃노래(9번 트랙 'Chantey Interlude'), 닻 같은 바다 혹은 항해에 관련한 소재들이 자주 등장한다. 또 비트에 포함된 효과음으로 물소리, 물에 빠져 허우적거리는 소리, 물에 빠졌다가 겨우 숨 쉬는 소리 들을 통해 이 앨범의 항해에 리스너가 동참하고 있는 느낌을 주기도 한다. 그 항해는 섬과 섬 사이에서 진행되는 것처럼 보인다. 앨범에 주요하게 등장하는 장소는 섬이고 섬은 다양한 의미로 앨범에서 변주되고 있다.

섬은 'Island Phobia(Feat. 타이거 JK)'나 '다시 섬'의 제목으로도 등장하지만 가사 자체에 비유적 장소로 설정된 경우도 많다. '36.5(Feat. 화지)'에 나오는 섬은 "징그럽게 느린 삶은 외딴 섬"으로 표현되며 열등감에 싸인 삶을 형상화하고 있다. 'Island Phobia(Feat. 타이거 JK)'에서는 "날씨 험해도 배 띄워 섬보다 낫겠지"에서처럼 정체된 삶, 안주하는 현실의 의미가 읽힌다. 항해의 주도권을 쥐지 못한 채 머물러 있는 화자는 "내 몸 실을 카누와 유행하는 나침반/탈출한 사람들의 발자취 따라가"에서 현실로부터 벗어나고자 하는 욕망을 드러낸다. '만남조건(Feat. 저드)'에서는 섬의 의미가 복잡해진다. "아무도 없는 섬과 사랑하는 너" "여긴 목적 없는 배/도착지는 없는 듯해/섬에 가까이 왔으니 나가보자고, 빨리, yeah/뛰어내릴 준비를 해"에서 섬은 내가 이미 떠나온 장소이자 찾아야 할 이상적 장소의 이중적 의미로 변주된다. "널 밀어내고 다음 섬으로 또다시 도망가/사실 너에게 등대가 되고 싶은 마음과"

에서는 모순적인 의미가 공존한다. 화자에게 섬은 벗어나야 할 장소일까 도착해야 할 장소일까, 고개를 갸웃거리게 된다. "내 앨범이 처음인 듯이/땅거미 질 생각 없는 내 마음이 불완전한 이유란 게/섬이라서라니 먹구름/곧 비가 내릴 듯해, 여긴, fuck you too"('닻(Feat. 쿤디판다)')에서 드러나듯 결국 섬은 정착하고 싶은 장소일 수 있지만, "카누"를 타고 부유하는 삶을 이 화자가 멈출 수 있을까 생각해보면 정착은 불가능한 일처럼 느껴진다. 앨범의 트랙들을 순서대로 듣고 있으면 모순된 의미를 품은 섬들을 하나씩 거쳐 가는 느낌이 든다.

이 앨범에서 조가 가장 마음에 들었다고 꼽은 곡은 '36.5(Feat. 화지)'이다. 앨범에서 드물게 감정이 폭발하는 곡이다.

> 급하게 잡은 택시 속도는 느려 마치 Vespa
> 화가 나 뚜껑 열려버린 난 cyber truck, TESLA
> 도착한 응급실은 꽤나 응급하지 못해
> 간호사는 느긋하게 말하지 줄 서 이름 쓰세요
> 전염병 때문이라는 말에 음성판정 받은 엄마
> 진단서를 내밀어 소리쳐봐도 반응 없는 여긴
> 공연장이 아니지, 공연장이 아니지
> Mic 없인 아무것도 아닌 난 말라가며 기다리지
> (중략)
> 빠른 숫자들 앞 내 커리어는 너무 느려

옷장 안에 숨겨왔던 열등감 고개를 내밀어

빼꼼, 넌 왜 또

내 가사대로는 더 못살겠어

열 낼 필요가 있어, 누가 나를 욕하면

다 사람이 하는 일의 온도 36.5

　　이 곡은 현실적이다. 벌스 1에는 느린 삶, 즉 조급해하지 않고 자신의 길을 묵묵히 가는 삶의 태도를 이야기하고 있는데, 벌스 2에는 엄마가 병원에 갔을 때 맞닥뜨린 느린 속도에 발을 동동 구르는 장면이 이어진다. 느림에 대한 모순적인 태도가 현실의 생생한 장면을 통해 드러난다. 조는 이 곡에 대해 이렇게 말했다.

　　"코로나 시국의 시대상을 구체적인 일화로 인상 깊게 묘사하고 무명 래퍼로서 느끼는 돈과 유명세에 대한 박탈감, 절박함을 잘 표현한 노래라고 생각했어요. '36.5(Feat. 화지)'는 두 벌스의 서사를 대조적으로 연출하는 점이 인상 깊었어요. 처음에는 분리수거하는 평범한 일상이 나오다가 갑자기 응급실로 전환되는데 '응급하지 못한 응급실'에 대해서 본인이 엄청 답답해하죠. 나는 래퍼인데 직업이 래퍼라고 하기에는 사람들이 잘 모르고 거기서 또 생각이 많아지는 그런 부분이 인상에 강하게 남았어요."

화지의 랩도 인상적이다. "어쩌면/느린 거 그대로 휴먼/36.5/ 36.5° 그래 딱 좋아/난 그게 딱 좋아/데워, 날 데워놔 줘" 이는 화지가 형으로서 QM에게 보내는 위로다. "다 사람이 하는 일의 온도 36.5"라는 QM의 말을 받아서 하는 말이기도 한데, '느림에 그 모순적인 태도가 당연한 거야, 그래서 인간인 거야'라며 다독거리고 있는 것 같다.

이 앨범은 "자유 의지는 없어 자리의 유지 땜에/항상 불안하지 돈이라는 휴지 땜에/욕심이란 demon"('뒷자리(Feat. 넉살)')이라 말하며 현실에서 뒷자리를 벗어나 앞자리로 가고자 하지만, "개츠비 되려 한탕 노려 살래 전세를"('은')처럼 신념을 버린다고 성공할 수 있을까 하는 불안도 동시에 존재하는 한 래퍼의 현실을 보여준다. "목적 없는 배"('만남조건(Feat. 저드)')에 올라타 "돈, 돈, 벌어"('돈숨') 라는 욕망의 소리에 둘러싸여서 "결국엔 존나게 저어야"('카누(Feat. 비비)') 하는 삶을 살고 있는 그는, 이제 그만 "만선"과 "순항"('돈숨')을 거쳐 닻을 내려 정착하고 싶은 마음과 저 멀리 떠나고 싶은 마음을 동시에 맞닥뜨려야 하는 모순 속을 헤엄치는 것이다. 그럼에도 이런 문학적인 가사를 들여다보고 있으면 그가 "저 멀리"를 향한 항해를 멈추지는 않을 것 같다는 믿음이 생긴다.

3.
조는 미국으로 떠났다. 거기서 그는 박사과정에 입학해 인류학을 공부할 거라고 했다. 좀 더 넓은 범주 안에서 힙합을 연구하고 싶다고 했다. 그가 미국으로 간 이후에도 종종 연락을 주고받았다. 기회가 된다면 다시 그와 함께 이런저런 이야기를 나누고 싶다. 그 이야기들을 영상으로 담아도 좋겠다. 이제 QM의 노래를 떠올리면 조의 얼굴이 떠오른다. 어쩌면 그는 미국인 한국힙합 평론가라는 독특한 정체성을 지니고 활동하게 될지도 모르겠다. 언젠가 조가 다시 한국에 올 날을 고대한다.

(한입 베어 문 햄버거의 맛) ;

남피디

JJK - Double Cheese & Dr.Pepper

어린이날. 선물은 [Star Wars], 영문자막.
다행히 'I'm your father'는 어렵지 않아.
한달에 한 번 만날 때마다
영어를 잘해야 한다는 막연한 말들.
…싫지는 않아.
'원시인들이나 입을 열고 먹는 거야,
[불을 찾아서] 한번 봐봐.'
'신호등의 빨간색은 왜 빨갈까?'
컴퍼스와 자만으로 벌집 만들기.
만날 때마다 던지는 기이하기만 했던
퀴즈.
ㅎ좀 이상한 아빠였지. [F-19] 키면 그
의 무릎 위는 VR.
Midway Theme(1977),

황제 - Beethoven,
내 손 잡고 박을 세면 안정과 위안이.
나의 첫 마디 개념.
너무 컸던 미군부대 더블 치즈 워퍼.
'미국 놈들은 이 큰 걸 한 손으로 잡고
먹어'
그 말 듣고 치워버린 fork & knife.
그날 처음 맛본 닥터페퍼.
Oooh I was like , fuckin' right

Double Cheese & Dr.Pepper
Double Cheese & Dr.Pepper
Double Cheese & Dr.Pepper
Double Cheese & …

위인들의 이름이 새겨진 각목.
어떻게 지웠게? 빡빡! 악몽.
여닫이문 뒤엔 고양이 시체.
구더기 밟히던 재래식 화장실.
교회서 받은 떡국. 시장서 얻은 치킨.
잡동사니로 만든 장난감.
보고 자란 컨텐츠는 나의 상상.
온종일 혼자였던 단칸방.
어머니 손에 잡혀 그 방에서 나간 날
후로 아버지를 만난 건 약 13년 뒤.
그게 약 13년 전. 시간은 지나,
손주를 안고서 뒤돌아 울던 등.
낡은 외투. 낡은 랩탑. 현금 봉투 한두
번쯤.
산처럼 쌓인 영문 원서.
그 사이에 나의 사진. 약 26년 전.
그리고 지금, 아들과 함께 [Star Wars],
한글자막.
내가 내는 기이한 퀴즈. 내가 만들어준
장난감.
옆 방엔 고양이 4마리. 아들 손에는
Double Cheese.
오늘은 할아버지 하늘나라 간 날.

Double Cheese & Dr.Pepper
Double Cheese & Dr.Pepper
Double Cheese & Dr.Pepper
Double Cheese & …

;

JJK의 'Double Cheese & Dr. Pepper'는 2022년에 가장 인상 깊게 들었던 곡 중 하나다. 자전적인 곡이지만, 감정적으로 젖어 있지 않고, "좀 이상한 아빠"를 향한 애정을 추억의 상관물인 더블 치즈 버거와 탄산음료 닥터페퍼를 통해 묵묵히 전달하고 있다. 막막한 감정들을 몇 개의 단어와 장면으로 보여주는 그의 실력에서 베테랑 래퍼다운 관록과 안정감이 묻어 있다.

어린이날. 선물은 [Star Wars], 영문자막.
다행히 'I'm your father[내가 네 아버지다]'는 어렵지 않아.
한달에 한 번 만날 때마다
영어를 잘해야 한다는 막연한 말들.

…싫지는 않아.

영문판 '스타워즈' 비디오테이프를 어린이날 선물로 준비한 특이한 아빠. 한 달에 한 번 만날 때마다, 살가운 표현 대신에 영어 공부의 중요성이나 식습관에 대한 훈계를 비롯, 수수께끼 같은 퀴즈를 준비했던 조금은 이상한 아빠. '불을 찾아서', '미드웨이' 같은 고전 명화와 클래식을 권했고, 아버지 무릎에 앉아 F-19 비디오게임을 즐겼던 기억. 화자는 베토벤의 황제 교향곡을 들으며 래퍼의 기본 자질인 "첫 마디 개념"을 체득했다. 영어 공부하라는 당부의 말은 싫지 않았다. 아들의 미래를 걱정해주는 아버지의 애정을 느꼈기 때문이리라. 스타워즈는 비록 영어 자막이었지만, 가장 중요한 대사인 "I'm your father"는 지극히 쉬운 표현인 덕에 스타워즈가 곧 아버지의 유산임을 이해하기에 충분했다.

아버지가 끼친 문화적 영향의 정점에는 미군부대 근처에서 팔았던 더블 치즈 버거와 닥터페퍼가 있다. "미국 놈들은 이 큰 걸 한 손으로 잡고 먹어"라는 아버지의 말에서는 미국에 대한 동경과 이질감이 동시에 느껴진다. 한 손에 들기엔 너무 컸던 더블 치즈 버거와 닥터페퍼는 특유의 맛과 양적 풍부함을 자랑한다. 이 충만한 기억 속에는 포크와 나이프는 내려둔 채 미국식을 즐기시던 아버지의 모습이 있다.

위인들의 이름이 새겨진 각목.

어떻게 지웠게? 빡빡! 악몽.

여닫이문 뒤엔 고양이 시체.

구더기 밟히던 재래식 화장실.

교회서 받은 떡국. 시장서 얻은 치킨.

잡동사니로 만든 장난감.

보고 자란 컨텐츠는 나의 상상.

온종일 혼자였던 단칸방.

　벌스 2에서 그려지는 암담한 유년은 따뜻했던 아버지의 기억과 대비된다. 위인들의 이름을 적어둔 각목에서 그 이름이 지워질 때까지 체벌을 당했던 기억. 한쪽에선 고양이 시체가 뒹굴고, 학교 화장실에선 구더기가 나오던 악몽 같은 기억. 먹을 것이 간절했던 형편에 도움을 받아서 먹은 교회의 식은 음식들, 시장표 치킨들. 하루 종일 단칸방에서 혼자 시간을 보내야 했던 화자에게 아버지의 아늑한 품은 얼마간 소거되어 있다. 화자에게 더 중요했던 것은 "나의 상상"을 채울 콘텐츠였을 것이다. 이후 어머니와 살게 된 화자는 긴 세월이 지나서야 아버지와 조우하게 된다.

　아버지의 취향과 교양을 가늠할 수 있는 몇 가지 장면에서 우리는 빼곡한 영문 원서 사이 화자의 어린 시절 사진을 발견할 수 있다. 낡은 외투와 익숙한 냄새가 뒤섞인 공간, 이제 가정을 꾸리고 손자를 데리고 온 화자를 보며 아버지는 등을 돌리고 오열한다.

그리고 지금, 아들과 함께 [Star Wars], 한글자막.

내가 내는 기이한 퀴즈. 내가 만들어준 장난감.

옆 방엔 고양이 4마리. 아들 손에는 Double Cheese.

오늘은 할아버지 하늘나라 간 날.

Double Cheese & Dr.Pepper

Double Cheese & Dr.Pepper

Double Cheese & Dr.Pepper

Double Cheese & …

화자는 이제 아버지가 되어 아들에게 자기 아버지가 그랬던 것처럼(이번엔 한글자막이 달린) '스타워즈'를 선물하고, 장난감도 만들어준다. 아버지의 유산은 대를 이어 전달되고, 문화적인 영향력이 세대를 통해 전파된다. 더블 치즈 버거와 닥터페퍼를 아들과 같이 먹는 오늘은 아버지의 기일이다. 이 노래는 마지막 훅이 끝나고 "삼가 고인의 명복을…"이란 내레이션으로 하나의 의식을 끝맺고 있다.

나는 "더블 치즈 앤 닥터페퍼"를 꾹꾹 씹듯이 발음하는 JJK의 훅이 너무 좋았다. 음식 이름을 세 번 이상 말한다는 점에서 간절하게 원하는 음식을 연속으로 외치는 아이의 투정 같은 느낌도 든다. 벌스 1에 뒤이어 나오는 훅은, 속으로는 햄버거를 허겁지겁 먹고 싶지만, 아버지 앞이라 천천히 씹으면서, 바로 이 맛이야! 이게 정답이지! 하면서 머릿속 전구가 밝혀지는 놀라움과 환희의 순간을 전해준다. 벌스 2의 두 번째 훅 다음에 이어지는 "Ayyy…" 하는 추임새에서는 이제는 아버지와 같이 음식을 나눌 수 없음에 대한 그리움이 느껴진다. 따뜻했던 과거의 기억들과 짜릿했던 햄버거의 맛, 그리고 아버지를 지금 여기로 되돌리기 위한 주문 같기도 하다.

마치 한 편의 잘 쓰인 단편소설처럼, 곡의 가사는 몇 개의 단어나 대상만으로 과거의 장면들을 플래시백처럼 연출한다. 노래가 진행될수록 화자의 상상력이 모두 아버지가 조성해준 문화적 배경으로부터 비롯되었다는 점이 분명해지기 때문에 "I'm your father"라는 '스타워즈'의 명대사는 마지막에 이르러 리스너에게 새로운 감흥을 주게 된다. 게다가 화자는 이제 정말로 아버지가 되었으니 말이다.

조심스럽게 추측해보자면 "조금 이상한 아빠"가 흔히 말하는 '좋은 부모'였을 거란 생각은 들지 않는다. 그럼에도 아버지의 부재라는 막막한 시간을 버티며 아버지가 남겼던 유산들을 흡수해 그것들을 내 꿈을 향한 삶의 콘텐츠로 승화시킨 화자의 성숙한 태도는 의젓하다. 화자는 아버지와의 기억으로 자신만의 예술적 질서(랩)를 만들면서 최대한 건조하게 아버지를 호명하려 노력하고 있다. 열악한 가정사를 딛고, 바닥에서 치고 올라왔다고 자화자찬하는 여타의 힙합 가족 서사와는 다른 감성이 있다. 유년의 경험을 평범한 음식과 결부시키고 여기에 아버지라는 대상을 더하며 서사의 깊이를 만든다.

이제 먹음직스러운 더블 치즈 버거를 볼 때면 늘 JJK 노래의

훅이 떠오를 것이다. 한입 베어 문 버거에서 진한 문학적 감흥이
뚝뚝 떨어질 것만 같다.

(냉소와 숭고);

XXX - Bougie

Have you ever seen a man like this
With the pack like this
시장과 예술의 견해
Every single state of mind I spread
너무나 헌신적이라는 것
When I choose my vocab
그래 꼰대지 아무래도 못 벌 땐
난 질 좋은 Bokeh
It's the problem
난 골칫덩이인가 봐
I got problems
부스러기 털어도
연예인들 줍는 꼴은 아까워
Ohh don't be mad dog

내 밥벌이는 연예인 골라 까기
연예인들 전부 예술가 취급하면 곤란
하지
그래 이런 가사 got bounces
Hateful mind gram to the ounces
난 뱉은 말에 책임지려
연예인들과는 안 친하지
모든 건 동일한 방식으로
여기 돈 버는 방식으론
여기 좆 빠는 상식으로
다 시끄러워

Yuck
I'm bougie

I never hit that pussy
내 검은 티를 퇴색시켜
네 몸에 딱 붙는 wife beater
I'm bougie
My pack they so foolish
돈 쓸어 담는 길을 멀리 돌아
바닥을 다져 ooh nice watch
I'm bougie
많은 친구는 필요 없지
어울려봐야 내가 너희 득 본 것처럼
꾸며질 것 ooh nice car
I'm bougie
그 이상의 것을 가졌고
막상 맛을 보니 쓰더군
근데 난 높게 보다는 멀리 왔지

내 식사는 silver spoon with the copper handle
난 이곳에 이쁨받을 필요가 거의 전혀 없어
내가 나의 주인 너희들은 궁전에 개새끼 짖어라 짖어 난 궁전 밖에서 노숙하면 되지
Fucking yuck
So I'm bougie
Mama I'm so bougie
'샤'자 돌림 직업은 안 가졌어도
지켰어 내 품위

계급사회 찌들어
유명한 새끼 비서 역할 따내기 게임
내 위론 아무도 없는데
나는 누구 비위를 맞춰야 되지
I'm so bougie

Ooh yeah I'm so bougie
Ooh boy I'm so bougie
처음 이곳에 도달했을 때와는
전혀 반대의 마음가짐
I'm so bougie
여전히 대중교통에
간간이 협찬받아 날 꾸미지만
I'm so bougie
헛질하는 애들을 보며
난 노력에 비해 얻는 게 없어도
I'm so mother fucking bougie

I'm bougie
I never hit that pussy
내 검은 티를 퇴색시켜
네 몸에 딱 붙는 wife beater
I'm bougie
My pack they so foolish
돈 쓸어 담는 길을 멀리 돌아
바닥을 다져 ooh nice watch
I'm bougie
많은 친구는 필요 없지

어울려봐야 내가 너희 득 본 것처럼

꾸며질 것 ooh nice car

I'm bougie

그 이상의 것을 가졌고

막상 맛을 보니 쓰더군

근데 난 높게 보다는 멀리

I'm so

;

XXX는 프로듀서 FRNK와 래퍼 김심야가 듀오를 이룬 팀이다. FRNK의 유기적이고 신경질적인 비트들은 차가운 뱀의 몸짓을 연상케 하고, 김심야의 냉소와 환멸이 담긴 랩은 쉴 틈을 주지 않고 뇌리에 박힌다. 가시 돋친 듯 사악한 랩핑이 매끈하고 수학적인 비트를 따라 흘러나온다. 형식적으론 일반적인 힙합의 관습을 넘어선 느낌이지만 묘하게도 몸을 흔들게 하는 리듬감은 풍성한 음악적 쾌감을 갖추고 있다.

　　XXX에게는 작가주의*가 느껴진다. 이들은 어떤 믿음을 가지

---

* 어떤 예술 작품을 만들 때, 그 작품을 만드는 작가의 특성이나 개성이 뚜렷하게 드러나는 데에 중점을 두는 창작 태도.

고 있다. 돈이 되는 음악이나 트렌드에 편승하는 방향에는 별 관심이 없다. 자신들이 최선이라 여기는 음악만이 유의미한 결과로 이어져야 한다는 작업 철학을 고수한다. 애초부터 같은 취향과 문제의식을 공유하는, 주의 깊은 청자를 대상으로 한다. 선별된 음악을 선별된 청자들만 듣고 공감하면 그만이라는 태도. 이들의 곡은 일반적인 힙합 음악과는 사뭇 다른 태도를 청자에게 요구한다.

그들의 두 번째 앨범 〈Second Language〉에 수록된 'Bougie'는 자신들이 시장 참여자로서 국내 힙합 시장의 기형적인 관행과 역사의 일부가 되어야 한다면, 그 안에서 어떤 충격을 만들어낼 수 있을지를 고민하는 가사로 가득 차 있다.

Have you ever seen a man like this[이런 놈 한 번도 본 적 없을걸]

With the pack like this[우리처럼 행동하는 놈들 본 적 없잖아]

시장과 예술의 견해

Every single state of mind I spread[내가 보여준 모든 태도]

너무나 헌신적이라는 것

When I choose my vocab[내가 어휘를 선별할 땐]

그래 꼰대지 아무래도 못 벌 땐

난 질 좋은 Bokeh[*]

---

[*] 초점이 맞지 않아 뿌옇게 보이는 사진 효과.

It's the problem[그게 문제야]

난 골칫덩이인가 봐

I got problems[내가 처한 문제지]

부스러기 털어도

연예인들 줍는 꼴은 아까워

Ohh don't be mad dog[오 진정하렴 멍멍아]

내 밥벌이는 연예인 골라 까기

연예인들 전부 예술가 취급하면 곤란하지

그래 이런 가사 got bounces[들썩거리지]

Hateful mind gram to the ounces[모든 것들에 대한 혐오]

난 뱉은 말에 책임지려

연예인들과는 안 친하지

모든 건 동일한 방식으로

여기 돈 버는 방식으론

여기 좆 빠는 상식으로

다 시끄러워

"시장과 예술의 견해"를 나처럼 많이 가지고 있는 놈 본 적 있냐는 다소 선언적인 가사로 시작한 랩은 자신이 "너무나 헌신적이라는 것"을 밝힌다. 여기서 시장과 예술의 견해란 힙합 아티스트, 리스너 들의 의견이 공유되는 커뮤니티를 포함한 한국 음악 시장 전체를 의미할 것이다. 헌신은 어떤 가치를 위해 자신을 희생하는 행위이다. 김심야는 무엇을 희생하고 있는 걸까. 그는 욕을 먹든 돈을 벌지 못하든 인스타 라이브를 통해서 성실하게 시장과 예술에 대한 의견을 밝혀왔다. 김심야는 노래 내적으로도 외적으로도 아슬아슬한 곡예를 하는 것처럼 보인다.

"내가 어휘를 선별할 땐(When I choose my vacab)" 꼰대 소리를 듣기도 하지만 돈으로 측정할 수 없는 미적인 감각은 "질 좋은 Bokeh", 예술적 효과를 만들어낸다. 화자는 자신의 냉소에 문제가 많다는 사실을 인정한다. 이 냉소는 돈이 안 되기 때문이다. 화자는 소위 꼴값 떠는 연예인들 하는 짓이 불편하다. 진정한 예술가도 아니면서 예술가인 척, 영향력을 행사하는 게 못마땅하다. 화자는 예술 아닌 예술을 하면서 유명세로 돈을 벌어들이는 부류에는 속하기 싫다면서, 이 바닥이 너무 시끄럽다는 감상을 밝힌다.

훅에 등장하는 'bougie'는 여러 뜻을 가지고 있다. 1) 가장 일반적인 의미인 부르주아(bourgeois)의 줄임말, 중산층을 뜻하는 것으로, 전통적인 관습이나 가치를 중시하며 교육에 많은 가치를 쏟고 사치스러운 취미에 몰두하는 계층, 2) 수술할 때 몸 안에 집어넣게 만들어진 가느다란 국자 모양의 도구 등이 있다.

1)의 의미에서 'bougie'는 부르주아의 속물성에 대한 비아냥을 담고 있다. 반면 훅 첫 가사의 구역질하는 듯한 의성어 yuck이 힌트가 된다면, 내 속에 있는 속물적인 것들을 긁어내는 2)의 의미라고 해도 설득력이 있다.

Yuck[우웩]

I'm bougie

I never hit that pussy[난 겁쟁이들은 안 때려]

내 검은 티를 퇴색시켜

네 몸에 딱 붙는 wife beater

I'm bougie

My pack they so foolish[우리 패거리도 다 멍청하지]

돈 쓸어 담는 길을 멀리 돌아

바닥을 다져 ooh nice watch[오 좋은 시계]

I'm bougie

많은 친구는 필요 없지

어울려봐야 내가 너희 득 본 것처럼

꾸며질 것 ooh nice car[오 좋은 차]

I'm bougie

그 이상의 것을 가졌고

막상 맛을 보니 쓰더군

근데 난 높게 보다는 멀리 왔지

wife beater는 흰색 속옷을 지칭하는 단어이다. 영화나 드라마에서 병나발을 불며 아내에게 폭력을 가하는 술주정뱅이 남편이 이런 흰색 러닝셔츠를 많이 입기 때문에 생긴 단어다. 자신의 순수한 의도(검은 티)를 대중이 멋대로 해석해 입으려고 하면 결국 색이 다

빠진 흰 티를 입은 wife beater가 된다는 것이다. 내 말과 행동은 너무 쉽게 와전돼서 그걸 너희들 맘대로 가져다 쓰면 폭력적인 행위를 낳을 거라는, 흑백의 상식적 의미를 뒤집는 김심야의 블랙유머다.

　두 번째 bougie는 2)의 의미로 쓰였을 것이다. 내가 가진 것들(음악에 대한 태도)은 너무 바보 같아서 나는 이 도구로 돈을 쓸어 담기보다 멀리 돌아가는 길을 택했고, 대신 바닥을 다졌다. 세 번째, 네 번째 bougie는 말 그대로 1)의 의미이다, 화자는 한심하게 뒷말하는 친구들 따위 필요로 하지 않는다. 그는 자신이 "높게 보다는 멀리 왔"기 때문에 음악에 대한 상업적 보상을 받지 못하고 '쓴맛'을 느끼게 되었다고 말한다. 자신을 고상하게 여겨야 한다고 억박지른다는 느낌까지 들 정도로 완고한 태도다.

> 내 식사는 silver spoon with the copper handle [구리
> 손잡이가 달린 은수저로]
> 난 이곳에 이쁨받을 필요가 거의 전혀 없어
> 내가 나의 주인 너희들은 궁전에 개새끼
> 짖어라 짖어 난 궁전 밖에서 노숙하면 되지

　화자의 어조는 더욱 폭력적으로 변한다. 여기서 "silver spoon"은 부르주아(bougie)의 전유물이면서 음식물에 들어간 독을 검출하는 은제 도구이기도 하다. 구리 손잡이(copper handle)는 전도율이 높은 민감한 성질을 가지고 있으니 화자는 이 식기로 진

짜와 가짜를 구분하는 자신의 높은 취향과 감수성을 말하고 있는 것처럼 보인다. 그러니까 화자는 자신보다 하등한 궁전(시장)의 부역자들에게 "이쁨받을 필요가 거의 전혀 없"다. 궁전에서 이쁨받을 바에는 차라리 "노숙"을 하고 말지. 자신이 모든 것을 통제하고 신념을 밀어붙일 수 있는 자리가 아니라면 아무리 평안한 자리라도 박차고 나가겠다는 의지가 드러난다.

Mama I'm so bougie

'사'자 돌림 직업은 안 가졌어도

지켰어 내 품위

계급사회 찌들어

유명한 새끼 비서 역할 따내기 게임

내 위론 아무도 없는데

나는 누구 비위를 맞춰야 되지

I'm so bougie

Ooh yeah I'm so bougie

Ooh boy I'm so bougie

처음 이곳에 도달했을 때와는

전혀 반대의 마음가짐

I'm so bougie

여전히 대중교통에

간간이 협찬받아 날 꾸미지만

I'm so bougie

헛질하는 애들을 보며

난 노력에 비해 얻는 게 없어도

화자는 계속해서 '사'자 직업보다 자신만의 품위가 중요함을 밝히며, 계급사회 놀음의 무의미함을 역설한다. 내 비위는 오직 나만 맞출 수 있다. 이는 화자가 생각하는 래퍼로서의 유일한 직업윤리이자 힙합이 지향해야 할 태도이다.

냉소주의(Cynicism), 김심야의 랩을 떠올리면 생각나는 단어다. 보통 냉소주의는 타인의 동기에 대한 불신에서부터 시작된다. 관습, 신념, 가치에 대한 믿음에 근거해 움직인다는 자들의 믿음 자체를 의심하는 태도인 것이다. 요즘은 엄숙주의를 거부하는 힙스터적 성향으로 치부되기도 하지만, 이 냉소주의가 심화되면 주변의 반발을 사는 것은 일반적인 수순이다. 하지만 냉소주의는 자기기만을 그냥 두고 보지 못한다. 김심야의 음악에서 카타르시스가 일어난다면 분명 거침없는 체제비판의 에너지와 곧은 신념을 지키고자 하는 숭고함이 크게 작용하고 있을 것이다. 리스너와 시장이 힙합에 대해 가진 허위의식과 상식적인 취향을 뿌리부터 뒤흔들 앞으로의 XXX를 기대해본다.

(진정성을 넘어서 참된 희망으로);

김근

차붐 - 안산 느와르
(Feat. 링고제이)

내가 좆만 했을 때
꿈이란 건 손에 잡힐 듯이 선명해
탁 트인 도로 위 맘껏 엑셀을 후려 밟고
너도나도 개천에 용 용쓰며
불어대던 희망의 비눗방울에 발을 담궈
1년 반쯤 지남 애들 바진 5통 반쯤
담배 한 대 쭉 빨면 훅 가던 오르가즘
좆밥들 빵 들고, 양아친 삥 뜯고
한 번 사는 인생 짧고 굵게
떡하니 대가리를 슬쩍 들이 밀어
출발선에 서서 다들 철썩 같이 믿어봐
나도 LG나 삼풍 아님 미도파
대빵만 한 백화점 사장님이나 돼볼까
61 짙게 박아 놓은 쓰레빠

질질 끌며 갑바에 힘 빡 주던 육체파
주인공 James Bond, 주공아파트 옥상
하나둘 모여 불어 제끼던 오공본드

점점 이렇게 무뎌지다 보면
바닥에 차가움도 익숙해지겠지
오늘도 알 수 없는 회색으로 물들어가는
이 밤, 이 불빛, 이 도시

내가 좆 같았을 때
그래, 이십대 그 청춘이 창 너머 존나
환하게 비춰
But ain't no sunshine when she's
gone

보일러 터진 방바닥 구석 한 가닥 하던
왕년의 올스타들은 죄 길바닥에
쏟아져 나와 갈 길을 잃은 듯이
발바닥 불나게 뛰어, 오줌을 지릴 듯이
뺨 좀 치던 애는 등짝에 용을 박고
떡 좀 치던 애는 육봉에 구슬 박고 각자
길을 찾고
벌린 돈 벌레처럼 벌은 돈
돔나이트 밤바다 낚아 올리던 돛돔
푼돈 몇 푼에 난 이 밤에 끝을 잡지만
다음 날 남는 건 번호 몇 개와 술똥
13 옅게 쓰여있는 츄리닝
식상한 내 삶 속 꿈에 연기를 피우니
주인공 Jason Bourne, 주공아파트 옥상
멍하니 혼자 빨아올리던 마세이 원

점점 이렇게 무뎌지다 보면
바닥에 차가움도 익숙해지겠지
오늘도 알 수 없는 회색으로 물들어가는
이 밤, 이 불빛, 이 도시

내가 좆됐을 때
꿈에서 깨 주위를 돌아봤는데
내 생각보다 남은 놈들이 몇 되지 않을 때
손 짤린 공돌이 친구와 먼저 간 친구 3일째
운구만 몇 새끼째 계속될 때
아, 씨발, 꿈 덕분에 난 개밥 취급
3금융에 꾼 돈 100에 불량인 등급

무당벌레처럼 화려해 보이던 인생
날개 한 번 못 피고 떨어지네 평생
앵꼬난 희망
절망의 배둘레햄, 부정의 고도비만
떨쳐내려 술을 담아 밤새
변기에 머릴 박고 답을 찾아봐 내 인생
약에 빠지던가 아님 약아 빠져야 살 수
있다던가
둘 다 아님 닥치고 짜지던가
짱꼴라, 짱깨, 조선족
사할린, 고려인, 빨갱이
그게 내 이름
안산

;

이 노래는 소위 양아치 기믹이다. 차붐이 노래의 화자를 양아치 캐릭터로 설정했다는 것이다. 2014년에 발표한 차붐의 첫 정규 앨범 〈Original〉에는 자조와 조롱이 섞인 허허로운 웃음소리가 배경에 자주 깔린다. 노랫말은 거칠고 직설적이며 상식적 윤리와는 거리가 멀다. 그야말로 양아치스럽다. 차붐의 별명이 '안산 양아치'인 걸 보면 정말 양아치스러운 삶을 살아온 걸로 착각하기 쉽지만, 그는 외고 출신에 캐나다 유학파로 엘리트 코스를 밟아온 전력이 있다. 혹자는 미국의 갱스터랩을 떠올리며 그의 양아치 기믹에 진정성이 없다고 느낄지 모른다.

개인적으로 나는 '진정성'이란 말을 좋아하지 않는다. 어떤 말에 진정성이 없다는 말은 대체로 그 말이 자기 자신의 직접적인 경험과 밀착되어 있지 않다는 것을 뜻한다. 즉 경험에서 우러나오지 않았다는 말이다. 알다시피 개인의 경험이라는 것은 협소하게 마련이다. 그가 아무리 엄청난 경험을 했다고 해도 마찬가지다. 오히려 그런 특수한 경험을 한 자는 그 경험이 사고를 압도해 선입견에 사로잡히기 쉽다. 진정성을 중시하는 자는 결국 자신의 경험 바깥에서 일어나는 타자의 경험을 배제할 수밖에 없다.

시인으로서 말하자면, 시가 가장 많이 받는 오해는 시적 화자가 시인과 일치하리라는 가정이다. 그러나 시는, 시에 표현된 현실은, 가상이다. 시인 자신의 경험에서 비롯되었든 그렇지 않든 간에 일단 시로 쓰이고 나면 그것은 실제 현실과는 구분된다. 어떤 시는 경험적 사실이 실제에 가깝게 재현되기도 한다. 그러나 그런 시도 실제 현실에 영향을 줄지언정 현실 그 자체는 아니다. 이런 사실을 받아들이지 못하는 독자들이 가장 많이 하는 말이 바로 진정성이다. 그래서 나는 종종 극단적으로 말하기도 한다. 시에 진정성 따위는 없다고.

시적 가상은 일종의 필터다. 그 필터를 통해 익숙한 현실에서 발견되지 않던 세상의 이면을 발견할 수 있게 된다. 시적 화자는 시인 자신이 아니다. 시적 화자는 타자이며, 그 타자의 목소리를 통해 자아의 경험으로만 둘러싸인 진정성의 세계에 충격을 가한다. 세계는 그렇게 다시 발견된다. 차붐의 양아치 기믹도 자신을 둘러싼 세계를 다시 발견하기 위한 선택이었을 것이다. 하필 자신이 살아온 삶과는 극단적으로 대비되는 양아치를 선택한 것은, 밑바닥 삶의 윤리와는 무관한 거친 태도를 통해 허위로 가득 찬 삶의 적나라한 모순을 드러내려는 의도다. 양아치라는 비상식적 화자의 부정적 측면은 상식적 삶의 부정적 측면을 드러내는 데 훨씬 효과적이다.

'안산 느와르'는 그 선택이 얼마나 적절했는지 보여준다. 2010년 차붐이 마일드 비츠와 함께 발표한 앨범 〈Still Ill〉에 수록된 '안산(Feat. Sol)'에서 확실히 더 나아간 느낌이다. '안산'에서 "거리 위에는 쉽게 볼 수 있는/생존권 보장이라 쓰여 있는 피켓/사람들은 말해 너도 저들과 다르기 위해서는/잡아타라고 간판이라는 티켓"이라고 노래할 때, 화자는 "내 꿈이 가진 칼라"로 안산이라는 장소를 껴안으며("가사를 써 이 도시를 배경으로") 세상이 강요하는 삶의 선택지를 빗겨 간다. 하지만 '안산 느와르'는 그 꿈마저 좌절된 자의 비참함의 내력을 양아치의 거친 목소리를 통해 담아낸다.

'안산 느와르'에서 가장 귀에 꽂히는 말은 "내가 좆만 했을 때" "내가 좆 같았을 때" "내가 좆됐을 때"라는 각 벌스의 도입부다. 누구나 다 아는 이 익숙한 비속어로 노래는 낯설고 들여다보기 꺼려지는 수도권 소도시의 음울한 뒷골목 삶의 밑바닥으로 청자들을 끌어들인다. 각각의 비속어에 이어지는 양아치 성장담에는 세상의 경멸적 시선을 자포자기의 심정으로 받아들인 자의 자조와 자기 비하가 강하게 드러난다. 꿈은 좌절되고, 어쩔 수 없이 밑바닥 삶에 안주해버린 화자의 수동적인 태도는 "점점 이렇게 무뎌지다 보면/바닥에 차가움도 익숙해지겠지"라는 링고제이의 훅과 함께 쓸쓸함을 자아낸다.

내가 좆만 했을 때

꿈이란 건 손에 잡힐 듯이 선명해

탁 트인 도로 위 맘껏 엑셀을 후려 밟고

너도나도 개천에 용 용 쓰며

불어대던 희망의 비누방울에 발을 담궈

1년 반쯤 지남 애들 바진 5통 반쯤

담배 한 대 쭉 빨면 훅 가던 오르가즘

좆밥들 빵 들고, 양아친 삥 뜯고

한 번 사는 인생 짧고 굵게

떡하니 대가리를 슬쩍 들이밀어

출발선에 서서 다들 철썩 같이 믿어봐

나도 LG나 삼풍 아님 미도파

대빵만 한 백화점 사장님이나 돼볼까

61 질게 박아 놓은 쓰레빠

질질 끌며 갑바에 힘 빡 주던 육체파

주인공 James Bond [제임스 본드], 주공아파트 옥상

하나둘 모여 불어 제끼던 오공본드

과연 이 삶에 희망은 없는 것일까? 노래는 이 삶의 여정이 점점 더 "앵꼬난(바닥난) 희망"으로 내몰리는 과정을 보여준다. 이미

그 삶의 여정은 "내가 좆만 했을 때"부터 결정되어 있었는지도 모른다. "너도 나도 개천의 용 용쓰며/불어대던 희망의 비눗방울"이라는 말은 "개천의 용"이란 속담과 "용쓰다"라는 말을 교묘하게 연결시켜 아무리 힘을 다해도 '개천의 용'이 될 수 없다는 것을 보여준다. 불평등한 "출발선"에 선 '좆만 한' 비행청소년들의 앞날에 대기업 사장이나 백화점 사장의 미래 같은 것은 없다. 희망의 환상으로 부푼 비눗방울은, '불다'라는 서술어를 매개로 "오공본드"로 바뀌고 만다. 주공아파트 옥상에선 그것만이 현실이다. "본드"라는 단어를 공유하는 "제임스 본드"와 "오공본드"는 꿈과 현실의 대비를 극명하게 보여주며 현실의 비참함을 강조한다.

벌스 1은 어렸을 때, 말하자면 비행청소년이었을 때 옥상에서 오공본드를 불며 헛꿈을 꾸던 시절의 이야기이고, 벌스 2는 이십대 "보일러 터진 방바닥"에 살며 어떤 전망도 없이 나이트를 전전하며 푼돈을 벌던 시절의 이야기이다.

> 내가 좆 같았을 때
> 그래, 이십대 그 청춘이 창 너머 존나 환하게 비춰
> But ain't no sunshine when she's gone [그녀가 떠났을 땐 물론 암울했지만]
> 보일러 터진 방바닥 구석 한 가닥 하던
> 왕년의 올스타들은 죄 길바닥에
> 쏟아져 나와 갈 길을 잃은 듯이

발바닥 불나게 뛰어, 오줌을 지릴 듯이

뺨 좀 치던 애는 등짝에 용을 박고

떡 좀 치던 애는 육봉에 구슬 박고 각자 길을 찾고

벌린 돈 벌레처럼 벌은 돈

돔나이트 밤바다 낚아 올리던 돗돔

푼돈 몇 푼에 난 이 밤에 끝을 잡지만

다음날 남는 건 번호 몇 개와 술똥

13 옅게 쓰여있는 츄리닝

식상한 내 삶 속 꿈에 연기를 피우니

주인공 Jason Bourne[제이슨 본], 주공아파트 옥상

멍하니 혼자 빨아올리던 마세이 원

　"이십대 그 청춘이 창 너머 존나 환하게 비춰"라는 가사는 어떤 희망도 낚아 올리지 못한 20대 삶의 아이러니를 강렬하게 보여 준다. 벌레처럼 돈을 벌어도 수중에 남는 건 푼돈 몇 푼에, "번호 몇 개와 술똥"으로 마무리되는 하루하루. 그는 아직도 주공아파트 옥상을 벗어나지 못했다. 오공본드를 불어 제끼던 곳에서 이제 그는 멍하니 담배 연기를 피워올리고 있다. 당연하게도 주공아파트 옥상은 안산으로 상징되는 삶의 불평등과 그 불평등이 안겨준 비참함을 의미한다.

　벌스 3은 주위의 친구들과 자신 모두 삶의 절망에서 허우적거릴 때의 이야기를 담고 있다. 벌스 3을 들으면서 나는 조금 울었다.

내가 좆됐을 때

꿈에서 깨 주위를 돌아봤는데

내 생각보다 남은 놈들이 몇 되지 않을 때

손 짤린 공돌이 친구와 먼저 간 친구 3일째

운구만 몇 새끼째 계속될 때

아, 씨발, 꿈 덕분에 난 개밥 취급

3금융에 꾼 돈 100에 불량인 등급

무당벌레처럼 화려해 보이던 인생

날개 한 번 못 피고 떨어지네 평생

앵꼬난 희망

절망의 배둘레헴, 부정의 고도비만

떨쳐내려 술을 담아 밤새

변기에 머릴 박고 답을 찾아봐 내 인생

약에 빠지던가 아님 약아 빠져야 살 수 있다던가

둘 다 아님 닥치고 짜지던가

아무런 사회적 보호장치도 없이 노동 현장에서 죽어간 많은 젊은 노동자들이 떠올랐다. "운구만 몇 새끼째 계속될 때"는 그들이 곧 화자의 친구이고 화자의 성장담과 다르지 않은 삶을 살아왔다는 것을 보여준다. "날개 한 번 못 피고 떨어지네 평생/앵꼬난 희망"은 지금까지 뱉어낸 "좆만 했을 때", "좆 같았을 때", "좆됐을 때"의 이야기가 화자 자신의 이야기이기도 하지만 친구들의 이야기이고 불평등한 삶의 조건 속에서 살아가는 모든 젊은이들의 이야기라는 것을 말해주고 있다. 이쯤에 이르면 그 비속어들은 자조와 자기 비하뿐 아니라 분노도 함께 드러내고 있다는 것을 알게 된다. '나 이렇게 좆 같이 살았는데 어쩌라구? 니네가 씨발 이런 인생에 뭐 보태준 거라도 있어? 이렇게밖에 살 수 없었던 나 같은 놈들 너희가 한 번이라도 생각해본 적 있어?'라고 외치는 소리가 노래 뒤에서 들려오는 것 같다. 희망은 없는 것일까? 희망은 잔인하다. 아무리 고통스러운 절망 속에서도 삶을 끈질기게 이어가도록 만들기 때문이다.

> 짱꼴라, 짱깨, 조선족
> 사할린, 고려인, 빨갱이
> 그게 내 이름
> 안산

나는 이 마지막 가사에서 화자의 희망을 본다. 여기서 백화점 사장이나 돼볼까 하는 헛된 희망이 느껴지지는 않는다. 그런 희망으로는 주공아파트 옥상을 벗어날 길이 없다는 것을 화자는 안다. "짱꼴라, 짱깨, 조선족/사할린, 고려인, 빨갱이"는 우리 사회의 타자들이다. 이것은 안산이라는 도시의 정체성의 단면을 보여주는 이름들이기도 하다. 화자는 그런 타자들을 늘어놓은 뒤 "그게 내 이름"이라고 말한다. 이 말은 자기 자신 또한 이 사회의 타자임을 인지하고, 늘어놓은 타자의 이름과 자신을 동일시하는 일이다. 그런 인식에 이르렀다면 이제 화자의 삶은 새롭게 다시 시작될 것이다.

차붐은 양아치 되기를 통해 자기 삶의 타자를 적극적으로 발견하고 껴안기를 주저하지 않는다. 그는 이 노래를 통해 불평등한 삶의 조건 속에서 희망을 찾는 일이 주류의 삶을 동경하면서 의미 없이 발버둥 치는 것과 같지 않다고 말하고 있다. 우리 또한 스스로가 이 사회의 타자임을 확실히 인식하고 다른 타자들과 연대할 때 비로소 진짜 희망을 찾을 수 있는 게 아닌가, 묻고 있는 듯하다. 그래서 마지막으로 뱉어낸 "안산"이라는 단어는 우리가 알고 있는 도시 안산을 넘어 더욱 묵직한 의미로 다가온다.

차붐이 자기 경험에만 의지했다면 노래는 이런 의미 있는 인식까지 나아가기 힘들었을 수 있다. 이 양아치의 성장담이 거친 날것의 말들로 이루어졌음에도 유독 문학적으로 다가오며 깊은 공감을 불러일으키는 이유는, 차붐이 자기 경험을 넘어서서 '타자'를 발견했기 때문일 것이다.

(또 다른 세상을 향한 분노의 질주) ;

김근

다민이 - DOG OR CHICK 3

맡겨놨지
Now I found my thing
Don't hesitate bet my life
유일한 판돈 내 칩
얘가 어딜 파냐 마느냐를 판단하지만
I'm sure give my body all
간단하지
오갈 데 없는 또래들 한탄하지
일하다 말고 원하다 말고 도망가지만
사는 꼴 한다는 꼬라지 니 마음이지만
그게 랩이었다가는 복날 개 패듯 패지
힙합한다는 계집애 방탕해지래
줄줄이 달아줄게 지 밑에 딸리래
오래 봐놓고 시발 사람을 띄엄띄엄 보네

My rap alone is already
Your fuckin' fantasy
래퍼 박 터지는 판 진짜 반의 반타작
사이먼다민이 니 세대이자 다음 타자
쿨타임 찬 방광 내가 제일 급하지
Who manages this chick
Your weakness first bitch

Look up to us or look down on us
수유부터 나로 발라 마포구 벽보
프로젝트마다 피크 산 음역대가 고역
여기저기 의심이 가득한 눈들이 보여
늘 랩이 내 본론 mass appeal이 내 부록
개거지꼴로 다니니 maybee u think

I'm broke
세간에 소문이 불어 doesn't she do any drugs
Dance snake and brokes 계속 피리를 불어
2종 보통에 뵈는 거 없는 트럭커
눈먼 손들 뻗어 더듬어 없는 브라끈
벌써 벌 생각해 난 깨 내 적금
니가 뱉음 혐오 난 해 mo fucker
I rap but female 최고이자 최악 조건
푼돈과 고통은 초콜릿 딱 박스로 엮여
평생 살아온 도시 통째로 척져
한국 힙합에 230짜리 족적

난 싸움판에 컸어
My weapon's not my puss
꺼떡대는 좆들 벌써 젖과 상판에 focus
Just stack up my vers
무긴 모니터에 커서
개 같은 수유린 나 지랄로 키웠어
난 매사 빡쳐 있어
Not an ordinary person
너희 어울려 다닐 때 난 떼어내 벗을
내가 나이기 전에 편견 학습했어
되건 안 되건 간 해 내 탓을
웬 욕을 막 써
잰 웬 돈을 막 써
There's no love and I hated love

songs
나가떨어져 살은 링 뒤의 복서
뒤질 것처럼 목 써야 살 것처럼 느껴
딱 잘라 각설
ASK YOU FOR A RANSOM
따 가고 싶으면 돈 써 이 개새끼야
다 갖다 꼴아박고 나서야 힙합이 왔어
I got 2 stepdaddy ain't now but god's son

Look up to us or look down on us
수유부터 나로 발라 마포구 벽보
프로젝트마다 피크 산 음역대가 고역
여기저기 의심이 가득한 눈들이 보여
늘 랩이 내 본론 mass appeal이 내 부록
개거지꼴로 다니니 maybee u think I'm broke
세간에 소문이 불어 doesn't she do any drugs
Dance snake and brokes 계속 피리를 불어
2종 보통에 뵈는 거 없는 트럭커
눈먼 손들 뻗어 더듬어 없는 브라끈
벌써 벌 생각해 난 깨 내 적금
니가 뱉음 혐오 난 해 mo fucker
I rap but female 최고이자 최악 조건
푼돈과 고통은 초콜릿 딱 박스로 엮여
평생 살아온 도시 통째로 척져

한국 힙합에 230짜리 족적

예술이 어쩌고 그저 해 내 배설
넌 할 줄 모를 뿐 핑계 대 잡설
거의 날로 해처먹네 못 돼 내 적수
존나 팔자 좋다 너희 싹 갖다 족쳐
Get tha fuck out of here
Before I fuck your record
니 히트 아이덴티티 젖 컵수
교수님 사장님 ask me 젖 컵수
난 접시 닦으러 왔으면 닦아 mo fucker
존경이 첫 번째 motivate and reason
사이먼다민이 첫 곡 simon dominico
착수
래퍼들 프리스타일 내 영혼에 낙서
얻어 갈 때마다 지불해 내 삯을
스타일 익기 전 밥그릇부터 찾지
제대로 해내기 전 해대네 첩질
Ya fuck boys plz hiphop first
제발 fuckers bitches hiphop first
난 싫어 내 개성
너도 그래 알겠어
어쩌다 이렇게 됐어
듣지 마 이제 됐어
내가 먼저 쟀어
너도 그럼 안 됐어
그래 이제 꺼져
이쯤 떠날 때 됐어

존나 애처롭게 됐어
꿈은 애저녁에 깼어
From pencils to pads why I'm at
the next level
Running like Mad Max all lyrics are
love letters
인스턴트 좆 까라지
지켜대 내 순애보
도봉 쌍문역 딱 붙은 수유리 ghetto
원래 할 줄 알아서 하는 줄 아는데 난
괴로워
내 편 아니면 개놈 게시판 힙합학개론
평가 좆까 시발아 듣지 마 go get out
not Cardi Niki
Game DMX 내 carol
여기 cliche 내 rule
Rap fantasy 내 ero
한국 힙합 체스 싸움 개싸움 guess how
미리 잘 가 노잣돈 제삿밥은 사후

Look up to us or look down on us
수유부터 나로 발라 마포구 벽보
프로젝트마다 피크 산 음역대가 고역
여기저기 의심이 가득한 눈들이 보여
늘 랩이 내 본론 mass appeal이 내 부록
개거지꼴로 다니니 maybee u think
I'm broke
세간에 소문이 불어 doesn't she do

any drugs

Dance snake and brokes 계속 피리
를 불어

2종 보통에 뵈는 거 없는 트럭커

눈먼 손들 뻗어 더듬어 없는 브라끈

벌써 벌 생각해 난 깨 내 적금

니가 뱉음 혐오 난 해 mo fucker

I rap but female 최고이자 최악 조건

푼돈과 고통은 초콜릿 딱 박스로 엮여

평생 살아온 도시 통째로 척져

한국 힙합에 230짜리 족적

;

다민이의 목소리를 처음 들은 건 유튜브 채널 '딩고 프리스타일'에서였다. 우연히 허클베리피의 'Wolves'라는 곡의 라이브를 들었는데, 그 곡에 다민이가 피처링으로 참여했었다. 처음 들었을 때는 불편했다. 목을 긁는 듯한 거친 목소리는 여간 낯선 게 아니었다. 그런데 이상하게 그 조그마한 여성 래퍼의 몸에 터져나온 목소리가 잊히지 않았다. 다민이라는 랩네임도 강하게 기억에 남은 건 물론이다. 제대로 다민이의 곡을 들어본 건 'DOG OR CHICK 3'가 처음이었다. 이 곡을 찬찬히 뜯어보니 다민이의 목소리가 왜 그렇게 거칠고 처절할 수밖에 없는지 이해하게 됐다.

'DOG OR CHICK 3'는 여성 래퍼의 이야기이다. 여성 래퍼로서 어떻게 성장해왔는지, 힙합씬에서 어떤 현실과 마주하고 있는지를 아주 적나라하게 보여준다. 목소리는 토하듯 말을 쏟아낸다. 말은 일관된 흐름을 이루기보다는 난삽하게 흩어진다. 처음부터 격앙된 감정은 노래가 진행될수록 점점 치달아 찢는 듯한 포효로 변한다. 욕설이 난무하고, 제정신이 아닌 듯한 횡설수설의 말들 사이사이 화자를 둘러싼 여성의 현실은 과격하게 까발려진다. 귀를 압도하는 강력한 목소리의 색깔과 빠른 랩 속도 때문에 처음엔 가사도 잘 들리지 않는다. 이 곡을 듣는 내내 모든 것이 불편했다.

> 맡겨놨지
> Now I found my thing [이제야 내 것을 찾았지]
> Don't hesitate bet my life [망설임 없이 인생을 걸어]
> (중략)
> 힙합한다는 계집애 방탕해지래
> 줄줄이 달아줄게 지 밑에 딸리래
> 오래 봐놓고 시발 사람을 띄엄띄엄 보네
> My rap alone is already
> Your fuckin' fantasy [내 랩은 이미 네 꿈이지]
> 래편 박 터지는 판 진짠 반의 반타작
> 사이먼다민이 니 세대이자 다음 타자
> 쿨타임 찬 방광 내가 제일 급하지

이 곡은 벌스 1부터 불편하다. 지금 말한 불편함은 목소리나

말의 형식에서 비롯된 것이라기보다 내용에서 비롯된다. 도입은 어떤 각오로 시작된다. "Now I found my thing/Don't hesitate bet my life"처럼 당찬 각오로 힙합을 시작했지만 함께했던 친구들은 다른 꿈을 꾸거나 결국 버티지 못하고 이 판을 떠났다. 그런데 남아 있는 나에게 돌아오는 말은 어처구니가 없다. "힙합한다는 계집애 방탕해지래/줄줄이 달아줄게 지 밑에 딸리래"에서 보이듯 여성 래퍼가 얼마나 쉽게 위계에 의한 성폭력에 노출되는지 알 수 있다. 그러나 화자는 수긍하지 않고 곧바로 "오래 봐놓고 시발 사람을 띄엄띄엄 보네"로 되돌려준다. 화자를 둘러싼 이 부당한 상황은 그가 처음부터 광분하며 감정을 폭발하듯 쏟아낼 수밖에 없는 이유이기도 하다. 그럼에도 그는 당당함을 잃지 않는다. 선배 래퍼인 사이먼 도미닉과 자신의 이름을 "사이먼다민이"로 겹쳐놓고 자신이 이 씬의 "다음 타자"임을 선언한다. 이어 "쿨타임 찬 방광 내가 제일 급하지"라고 말한다. 다소 저돌적인 표현이지만 이제 쏟아놓을 준비가 되었다는 말이다.

난 싸움판에 컸어
My weapon's not my puss[내 무기는 거기가 아냐]
꺼떡대는 좆들 벌써 젖과 상판에 focus
Just stack up my vers[그냥 벌스를 쌓아가]
무긴 모니터에 커서
개 같은 수유린 날 지랄로 키웠어

난 매사 빡쳐 있어

Not an ordinary person [난 보통내기가 아냐]

너희 어울려 다닐 때 난 떼어내 벗을

내가 나이기 전에 편견 학습했어

되건 안 되건 간 해 내 탓을

웬 욕을 막써

쟨 웬 돈을 막 써

There's no love and I hated love songs [사랑 얘기 없는
데 그래, 나는 사랑 노래 혐오했어]

나가떨어져 살은 링 뒤의 복서

뒤질 것처럼 목 써야 살 것처럼 느껴

딱 잘라 각설

ASK YOU FOR A RANSOM [몸값 요구해]

따 가고 싶으면 돈 써 이 개새끼야

다 갖다 꼴아박고 나서야 힙합이 왔어

I got 2 stepdaddy ain't now but god's son [새 아빠 둘
있었지만, 지금 내겐 신이 주신 선물이 있어]

　　벌스 2는 더욱 감정이 격앙되게 들린다. 이 가사에는 '쓰' 발음
이 특히 과잉되게 쓰이고 있기 때문이다. 컸어, 벌써, puss, focus,
vers, 커서, 키웠어, 있어, person, 막 써, 막 써, songs, 복서, 목 써
야, 각설, RANSOM, 왔어, son 등 가사에서 '쓰' 발음을 가진 단어

만 이렇게나 많이 그것도 연속적으로 이어진다. 그밖에 'ㄲ'이나 'ㄸ' 같은 다른 된소리들 'ㅊ', 'ㅋ' 같은 거센소리 발음들도 많이 발견된다. 이러니 말과 감정이 더욱 세게 느껴질 수밖에. 이 센 말들과 감정으로 화자는 자신의 출신과 배경에 대해 말하고 있다. 가사에 의하면 그는 수유리 출신이고 거친 환경에서 자란 듯하다. "난 싸움판에 컸어", "개 같은 수유린 날 지랄로 키웠어" 같은 말에서 확인할 수 있다. 구체적이진 않지만 "I got 2 stepdaddy ain't now"에서는 고통스러운 가족사를 살짝 내비치기도 한다.

"싸움판"이 실제 거칠었으리라 믿게 되는 데는 이 센 발음들도 한몫한다. 분명한 것은 "꺼떡대는 좆들 벌써 젖과 상판에 focus"에서 알 수 있듯, 그곳에서는 여성인 자신의 몸에 대한 대상화가 일상적으로 일어났다는 사실이다. 이 노래의 거칠음의 원인은 화자의 내면이 아니라 외부에 있다. "내가 나이기 전에 편견을 학습"할 수밖에 없는 환경이다. 그럼에도 불구하고 그의 "무기는 모니터에" 있었다. 그 고통스러운 현실이 랩으로 탄생하기 시작했다.

우리가 무의식적으로 욕설로 느끼게 되는 이 'ㅆ'은 그의 최소한의 방어이자 공격이다. 당연하게도 다민이가 목을 긁는 소리를 자신의 목소리로 선택한 것도 이와 연관된다. "뒤질 것처럼 목 써야 살 것처럼 느껴"에서 알 수 있듯, 그의 그런 목소리는 현실의 고통스러운 몸부림이자 자신이 살아 있음을 확인하는 하나의 수단인 셈이다. 이 대목을 들으면, 그의 노래가 이렇게도 "빡쳐 있"는 이유, 그가 평범한 사람으로 살 수 없는("Not an ordinary person") 이

유에 대해 고개를 끄덕이게 된다.

Look up to us or look down on us[우릴 올려다보든지 내려다보든지]

수유부터 나로 발라 마포구 벽보

프로젝트마다 피크 산 음역대가 고역

여기저기 의심이 가득한 눈들이 보여

늘 랩이 내 본론 mass appeal[대중의 관심] 이 내 부록

개거지꼴로 다니니 maybee u think I'm broke[내가 망했을 거라 생각하지]

세간에 소문이 불어 doesn't she do any drugs[약하는 거 아냐]

Dance snake and brokes 계속 피리를 불어

훅는 두 부분으로 나뉜다. 첫 번째엔 통상적인 이미지에서 벗어난 그가 어떤 취급을 받아왔는지 드러난다. "여기저기 의심이 가득한 눈들"이 늘 따라다니고 "약하는 거 아냐" 따위의 소문은 마치 뱀을 춤추게 하는 피리 소리처럼 불어난다. 그러나 "수유부터 나로 발라 마포구 벽보" 같은 과장된 표현이 그의 포부와 야망을 보여주고 있는데, 그 근본에는 "늘 랩이 내 본론"이라는 결코 꺾일 것 같지 않은 의지가 있다는 걸 알 수 있다.

2종 보통에 뵈는 거 없는 트럭커

눈먼 손들 뻗어 더듬어 없는 브라끈

벌써 벌 생각해 난 깨 내 적금

니가 뱉음 혐오 난 해 mo fucker

I rap but female [나 여잔데도 랩해] 최고이자 최악 조건

푼돈과 고통은 초콜릿 딱 박스로 엮여

평생 살아온 도시 통째로 척져

한국 힙합에 230짜리 족적

　　훅의 뒷부분에서 랩은 질주한다. 그러나 "2종 보통에 뵈는 거 없는 트럭커"가 뚫고 가는 현실은 "눈먼 손들 뻗어 더듬어 없는 브라끈"의 현실이다. "I rap but female 최고이자 최악 조건"에선 아픔이 느껴진다. 여성이라는 조건이 랩에선 최고이면서 최악의 조건이라는 이 역설을 언제까지 헤치며 가야 하는 것일까. "평생 살아온 도시 통째로 척져"는 이 질주의 최종 목표이다. 결국 도시를 척진다는 말은 자신을 둘러싼 이 불합리한 세계와의 결별을 의미한다. 그는 이 세계 바깥으로 랩이라는 트럭을 몰고 나아갈 수밖에 없다.

　　결국 다민이의 목소리는 비합리적 세계에 내몰린 화자의 실존이 불가피하게 선택할 수밖에 없는 유일한 선택지였던 것이다. 그의 목소리가 평범했다면 그의 이야기에 귀 기울이기는 힘들었을 것이다. 이 노래의 화자는 약자이자 타자이다. 약자이자 타자인

자들에게 선택지는 별로 없으니 목소리를 더 광포하게 낼 수밖에 없다. 그렇지 않고서야 익숙한 세계에서 익숙함에 길들여질 채 살아가고 있는 우리가 거기에 귀 기울일 리 없다. 동일성의 세계 바깥에서 울리는 이 목소리들은 당연하게도 우리에게 기괴하거나 낯설게 들린다. 이 기괴함과 낯섦은 필연적으로 우리의 익숙함이 얼마나 허위에 싸여 있는지, 우리가 얼마나 실은 비합리적 세계에 살고 있는지를 불편하게 드러낸다. 우리가 외면하고 끝끝내 회피하고 싶었던 세계의 민낯은 이런 식으로 우리의 익숙함에 균열을 가한다.

난 싫어 내 개성

너도 그래 알겠어

어쩌다 이렇게 됐어

듣지 마 이제 됐어

내가 먼저 졌어

너도 그럼 안 됐어

그래 이제 꺼져

이쯤 떠날 때 됐어

존나 애처롭게 됐어

꿈은 애저녁에 깼어

From pencils to pads why I'm at the next level[연필로 쓰다가 이젠 아이패드로, 어떻게 내가 여기까지 왔게]

Running like Mad Max all lyrics are love letters[매
드맥스처럼 달리지, 내 가사는 다 러브레터야]
인스턴트 좆 까라지
지켜대 내 순애보

　　노래를 듣다 보면 낯섦은 점점 분노로 바뀐다. 곡 자체가 품고
있는 분노와 곡을 들으면서 어쩔 수 없이 발생하게 된 내 안의 분
노가 뒤섞인다. 벌스 2에 이르면 분노는 더욱 극단으로 치닫는다.
자신의 히트 아이덴티티가 "젖 컵수"임을 확인해야 하는 잔인한
세상에 내던져진 채 "hiphop first"를 끊임없이 되내고 외친다. 의
지를 꺾지 않으려는 안간힘을 보고 있자면 무엇보다 분노가 그를
앞으로 나아가게 하는 힘이라는 것을 분명하게 확인할 수 있다. 하
지만 "난 싫어 내 개성/너도 그래 알겠어/어쩌다 이렇게 됐어/듣
지 마 이제 됐어"처럼 불쑥불쑥 솟아오르는 자기혐오에 시달리면
서도 매드맥스처럼 질주를 멈추지 못하는("Running like Mad Max")
것은 힙합에 대한 사랑 때문이다. 그건 곧 꿈꾸는 세계에 대한 진
정한 사랑일지 모른다. 그리고 그 사랑은 이전의 세계와 결별해야
만 가능한 것이다.

　　벌스 2에서 "There's no love and I hated love songs[사랑
얘기 없는데 그래, 나는 사랑 노래 혐오했어]"라고 얘기했던 화자는 벌스 3에
서 "all lyrics are love letters[내 가사는 다 러브레터야]"라고 말하고 있
다. "I hated love songs" 속 사랑과 "all lyrics are love letters"

속 사랑은 엄연히 다른 층위에 있다. 전자가 낭만적 허위로 점철된 사랑이라면, 후자는 세상의 실체를 온몸으로 체험한 자가 발견한 진정한 사랑이다. 그건 "인스턴스"적이지도 피상적이지도 않다. 처절한 몸부림 속에서만 발견되는, 그래서 끝끝내 지켜야 하는 "순애보"일 것이다. 그러므로 세상을 향한 분노의 질주는, 이전의 세상과 결별하고 새로운 세상에서 사랑을 발견하고자 하는, 사랑의 질주라고 할 수 있다. 이 거칠기 짝이 없는 노래가 가닿은 가장 아름다운 지점이다.

혹에 등장하는 "한국 힙합에 230짜리 족적"이라는 표현은 다민이의 당찬 의지의 표현이다. 그의 의지가 꺾이지 않는다면, 그의 몸부림이 질주를 멈추지 않는다면, 그는 230mm를 넘어서는 가장 큰 발자국을 한국 힙합씬에 남길지도 모른다. 중요한 사실은 그의 목소리가 불편하게 느껴지면서도 지금 우리가 그의 목소리에 자꾸 귀를 기울이게 된다는 것이다. 이 노래를 듣고, 그의 무대를 보고, 나는 그의 목소리를 사랑하지 않을 수 없었다. 누구보다 그를 응원하고 싶고 앞으로도 그럴 것이다. 이 안일한 세계의 표면을 과감하게 찢어발기는 목소리가 보여줄 또 다른 세계를 기대하지 않을 수 없다.

(체험 래퍼의 현장(생존판) | 남피디)
오도마 1집 〈밭〉

오도마의 앨범 〈밭〉을 들으면 잠시 그의 삶 속에 있다가 나온 듯한 느낌을 받는다. 부제를 단다고 하면, '일말의 가식도 없는 6개월 연예인 래퍼 체험기'일 것이다. 그가 의도하는 것이 청자들을 묵직한 질문에 잠기도록 끌어들이는 것이라면 효과는 120퍼센트 달성된다. 오도마의 솔직하고 직선적인 가사와 프로듀싱 덕분이다. 오도마는 힙합씬의 말단을 차지한 자기 자신에 대한 도취를 가감 없이 보여준다. 이는 무명 래퍼가 외부의 자극에 주체성을 잃어버리고 나태에 빠지는 모습을 보여주는 장치이다.

첫 트랙 '장미밭'은 비틀즈의 'Strawberry Fields Forever'의 가사 "Strawberry Fields"를 "Rose Fields[장미밭]"로 바꾸며 시작한다. 원곡 특유의 멜로트론* 느낌의 건반이 간주로 이어지다가 재즈풍의 피아노와 색소폰이 섞이는 휴지기를 가지는데, 이런 휴지기

---

* mellotron, 1963년에 영국에서 개발된 건반을 누르면 아날로그 테이프가 재생되며 연주되는 형태의 전자 건반 악기

는 벌스 1 전체에서 랩 벌스 끝에 의도적인 페이드아웃을 일으키며 반복된다. 벌스를 의도적으로 끊어주면서 화자의 회상과 꿈을 대비시키고 있다. 사업가였던 아버지를 보며 넓은 세상에 대한 동경을 가지게 된 화자는 성장기에 자신을 음악적으로 성장시킨 아티스트들을 일별하며 힙합의 세계로 진입한다. 화자는 "내 가사는 내가 사는 삶에서 나오는 시"이며, 한국 힙합에 몸담은 자신의 성장기가 곧 이 앨범에서 "장미밭"으로 만개할 것임을 암시한다. "래퍼가 되기 위해 내 구절에 나를 걸고/내가 나의 주인이 되는 짜릿하고 어려운 작업"이라는 투명한 고백은 그의 의지를 환기시킨다.

앨범의 도입을 위한 첫 곡으로 다소 난삽한 구성이라 생각할 수 있지만, 앨범을 반복해서 들을수록 의도한 바가 명확하게 다가오면서 꽤 구성에 공을 들인 작업이란 확신이 든다. 비틀즈의 'Strawberry Fields Forever'의 스트로베리 필즈 고아원은, 생모가 아닌 이모와 함께 유년 시절을 보낸 존 레논이 친구들을 만나서 놀았던, 환한 유년의 기억이 어린 공간이었다. 싸이키델릭 록의 명곡으로 꼽히는 이 노래를 오마주하면서 오도마의 화자 역시 성장기에 겪은 동경과 충동, 그리고 영향을 받은 음악가들을 나열한다. 그는 회상과 꿈이 뒤섞인 곳에서 빠져나와 지금 자신이 서 있는 "장미밭"에서 이내 부침이 계속될 것임을 운명처럼 선언하고 있다.

'비정규직(Feat. 제임스 키즈)'은 같은 '오사마리 크루'에 속한 콸라의 옷가게 '90wave'에서 알바를 하는 자신의 일상을 노래하는 곡이다. "대중가수의 삶을" 꿈꾸면서 고작 친구 가게에서 알바나 하고 시간을 때우는 자신을 비웃듯, 매장 안에 울려 퍼지는 다른 래퍼의 신곡은 화자의 자격지심을 불러일으킨다. 화자는 소심하게 옷걸이를 부러뜨리며 마음을 달랜다. 퇴근 후엔 밀린 작업을 할 생각이지만, 복병처럼 등장한 마지막 손님이 슬쩍 던지는 "아직도 랩해?"라는 안부에 혼자 열폭(열등감 폭발)해서 퇴근하자마자 위닝일레븐을 켜고, "가사 대신 조이스틱을" 먼저 잡고 만다. 아들 걱정에 안부를 묻는 엄마 전화에 "익숙한 거짓말"을 하고, 전화 통화로 끊긴 영감을 만회하려 "음악 하나 듣고 시작할까 하니 해가 뜬다"

> 오늘도 내일로 미루고
> 아무 대가 없이 성공 좇는
> 내 존재는 나태

무수히 반복되는 무명 래퍼의 일상은 자기 비하와 낮아진 자존감을 달래기 위한 유흥거리들로 점철됐다. 혹는 "나태하고 나약하고 부정하지 서롤 속이며/스스롤 속여가며"로 이어진다. 이것이 대한민국 비정규직이자 젊은 래퍼 지망생의 비루한 하루다.

다음곡 '홍등가(Feat. onthedeal)'에서 화자는 쇼미더머니로 얻은 작은 유명세로 행사를 뛰는 자신을 "쇼미 목걸이를 걸친 업계의 텐프로"라고 비꼰다. '텐프로'는 여성이 술 접대를 하는 퇴폐업소의 대명사다. 자신의 랩 공연이 "수단과 방법/가리지 않"고 몸값을 올리기 위해 이 경쟁에서 짜내는 "억지 신음"처럼 느껴진다.

나 같이 초이스를 받기 위해

번호표를 뽑는 애들은 늘었지

매해마다 역사를 바꿀 앨범 한 장

보다 한방 좇아야 이 바닥 지배해

(중략)

금방 잊혀져 그러니 쉴 틈은 없어

돈 앞에 입 벌려

읊어대는 미친 작업량의 가사엔

내가 알던 힙합 따윈 없어

　　화자는 자기 예술을 돈을 벌기 위한 수단으로서만 작업하고 생
산하게 만드는 힙합씬과 더불어 자기 자신을 혐오한다. '비정규직'
에서처럼 이 노래 역시 오도마의 진중한 벌스와 그에 공감을 전하
는 피처링 보컬의 훅로 구성되어 있다. "그의 모습은 결국 붉게 꾸
며져 있어/그게 그의 삶 그의 밭 그게 그의 자의/그의 상처 그게 나
에 그게 우리에"로 이어질 때, 화자는 자신이 일군 밭의 모습을 멍
하니 바라보고만 있다.

　　이어서 'Strawberry Fields Forever'의 멜로트론이 삽입되면
서 빠른 비트의 랩으로 '급'이 시작된다. 힙합씬에서 서로의 곡에
피처링으로 참여하는 문화는 어느새 참여자가 상업적으로 도움이
될지 안 될지 가늠하고 "계산기로 두들"겨 봐야만 하는 일이 됐다.

모두가 바닥부터 성공했다고 얘기하지만 실은 이 바닥이 더 이상 실력만으로는 바닥부터 성공할 수 없는 곳이 되었다는 사실을 역설한다. 꿈을 좇는 씬의 경쟁자들은 피처링을 통해 "서로가 서로의 날선 가시가 되어/나아가기 위해 서로에게/아픔을 새"('가시가 되어')기고 있다.

'범인(Feat. 더 콰이엇)'에서 화자는 "범인(凡人)으로 남기 싫어 시작한 일은 곧/그 이상 그 이하도 아닌 삶을 치르고", 고작 "명품 장신구에 한눈파니 더는 좋은 음악이란 게 뭔지/모르겠다"는 상태가 되어버린 자기 자신을 비관한다. 더 콰이엇은 이를 받아 차가운 현실을 재차 확인시켜준다. "질투와 자책은 장애물일 뿐"이고 아무도 신경쓰지 않기 때문에, 자신이 90년대 방식으로 비트를 만들어내면서 새로운 길을 찾았던 것처럼 "이유 따윈 없으니 찾지 마"라고 조언한다. "지금 내 모습을 만든 것은 그저 나 자신인 것을", 내가 지금 내 모습을 만든 범인(犯人)이란 자각에 이르며, 화자는 지독한 자기합리화의 악순환에서 벗어나려 한다. 자칫 단조로울 수 있는 오도마의 랩은 피처링을 통해 제3자의 목소리를 삽입하면서 입체적인 효과를 연출한다.

'모독'은 멋진 장신구로 치장하고 클럽에서 공연하는 화자의 동선을 카메라로 좇으며 "전도유망한 힙합"의 한 자리를 차지한 화자가 "한국 힙합 중심에서/오늘 밤도 취하기를 원해"라며 도취한 모습을 보여준다. 하지만 그 기세는 중간의 구토하는 모습을 기점으로 비트가 바뀌면서 "역겨운 허울"을 비추는 거울을 깨버리는 행위로 전환된다. 이어지는 오도마의 랩은, 신앙을 저버린 탕아의 고백처럼 진중하게 자신의 모든 삶의 거짓과 허울을 인정하는 진실의 순간과 마주한다. 화자는 "어리석은 아집"에 머물기를 원하고 "장남으로의 집안 책임"을 방기한 비겁함을 고백한다. 화자는 자신을 둘러싼 답보 상태의 현실 속에서, 자기 신념과 믿음이 거짓되었음을, 그리고 그런 모독이 결국 자기 삶에 대한 모독의 다른 이름이었다는 점을 깨닫는다. 이제 화자는 "거짓 파편을 줍고" 이 가시밭을 벗어날 수 있을까?

화자는 다음 트랙 '밭'에서 문득 평이해 보이는 문제의식과 랩 가사들은 앞선 곡들의 구체적인 감정과 현실들을 한꺼번에 환기하면서 이 모든 고난과 가시밭길로서의 밭을 우리 모두의 보편적인 삶의 밭으로 확장해 나간다.

> 어떤 꽃을 피울지는
> 알 수 없어도 그게 나의 밭
> 그게 나의 힙합
> 진정 가시에 찔릴 준비가
> 되었다면 더는 시기로 비롯된
> 우위 싸움이 존재하지 않기를
> 내게 끝없는 의심을 던지는 이를
> 통해 신념을 지키는 삶을 살기를
> 어떤 꽃을 피울지는

알 수 없어도 그게 나의 밤

　그게 내가 지금까지 꿈을 꿔온 삶

　힙합

　오도마의 특유의 랩은 후반부 무반주 랩에서 진중함과 신실함 사이에서 방황했던 자의 내면 고백을 폭포처럼 쏟아내며, 앞에서 쌓아 올린 감정과 부조리한 현실의 세부를 종합하는 효과를 낸다. 이 앨범의 하이라이트라고 할 수 있다. 노래는 처음 도입부의 잔잔한 훅으로 되돌아가며 마무리된다.

　8번째 트랙 '상실의 시대(Feat. 김오키)'는 색소폰 연주자 김오키의 깊은 연주와 더불어 서정적인 분위기를 자아내는 곡이다. 앨범의 모든 노래들이 일관된 흐름 속에 있는 반면 '상실의 시대'는 싱글 트랙으로서도 유의미하다. 때로는 절대 회복할 수 없는 상실감이 있다. 오도마도 잃어버린 자아에 대해 상실감을 느끼는 것 같다. 김오키의 색소폰은 이런 오도마의 감정을 깊은 여운을 남기며 보듬는다.

　9번째 트랙 '가시밭'에서는 첫 곡의 멜로트론이 다시 등장하면서 수미쌍관의 구조를 만든다. 이 곡에서 꿈을 좇는 화자는 "장미밭"에서 "밭"으로, "밭"에서 "가시밭"으로 옮겨간다. 이 앨범은 '개인적인 꿈'-'보편적인 꿈'-'나의 현실'로 하강하는 실존적 여정을 따르고 있다. 이상과는 거리가 먼 현실을 자각함으로써 지금 자신의 실질적 위치의 확인을 하는 이 작업은 한 시절의 연대기처럼 다가온다.

우리 전통 농경사회의 터전이었던 밭, 해가 뜨기 전부터 해가 질 때까지 자신의 노동을 통해 씨를 뿌리고, 쟁기질하며, 그 노동에 부합하는 과실을 일궈나갔던 그 밭이 다시 주인공 앞에 놓인다. 그는 어떤 밭을 일궈나갈 것인가?

> 우린 서로가 서로의 날 선 가시가 되어
> 나아가기 위해 서로에게 아픔을 새겨
> 난 하고 싶은 말 다 했는데
> 이젠 너의 답을 원해 tell me what you have[네 답을 들려 줘]

보너스 트랙으로 실린 '가시가 되어'는 '가시밭'의 마지막 벌스를 리프라이즈한 곡이다. 내용상 앞선 곡들에 대한 리스너의 리액션을 요청하는 곡이다. 화자는 이 앨범을 듣는 리스너들이야말로 이 "밭"의 과실이라고 말하는 듯하다. 또 각자의 밭에 무엇이 열려 있는지 돌아보라는 권유로 들리기도 한다.

이 앨범은 유사 연예인으로서 래퍼의 이미지를 철저히 해부하고, 힙합씬의 실체를 "밭"으로 비유하는 화자를 통해 래퍼의 삶을 대리 체험하도록 만드는 앨범이다. 담백하고 진중한 톤으로 정확하게 뱉어내는 오도마의 랩은 주제의식과 일치한다. 단조롭거나 무거울 수 있는 주제를 다양한 기법을 통해 다채롭고 흥미롭게 구성한 프로듀싱에 박수를 보내고 싶은 힙합 앨범이다. 오도마가 앞으로 또 무엇을 밭에서 일구어낼지 기대해 보자.

(돌보지 못한
유년에 대한 애도) ;

김근

아이언 - 하남 주공아파트
*저작권자의 요청으로 가사 전문을 수록하지 못하였음을 밝힙니다.

노래를 듣고 조금 울었다. 이 노래는 편안하지 않았다. 차별의 시선을 온몸에 받아내는 화자의 어린 시절에 나는 깊이 이입했다. 나는 노래의 일화들과 거리를 두려 했다. 아이언의 목소리도 감정의 표출과는 거리가 멀었다. 그저 담백하게 어린 시절 이야기를 풀어내고 있는 것처럼 들렸다. 벌스 1 중간에 살짝 감정이 실리는 것 같긴 했지만 격앙될 정도는 아니었다. 외면하고 싶었다. 서울 변두리 가난한 동네에서 어린 시절을 보낸 나 역시 무수히 많은 차별과 멸시의 시선 속에서 그 시절을 지나왔다. 그때마다 받았던 상처들은 일일이 다 기억도 나지 않는다. 그저 혼자만 묻어두고, 되새기려 하지 않은 상처들도 있을 것이다. 그때의 기억들이 속수무책으로 내 앞에 꺼내어지는 것이 두려웠을지도 모른다. 방어 기제가 내 마음속에 벽을 쳤지만, 그 벽은 노래의 첫 가사부터 무너지기 시작했다.

"광주 광역시 광산구 우산동 하남 주공아파트 107동 617호", 동호수까지 구체적으로 밝히고 있다니. 이는 실재하는 주소이자 기억의 주소이다. 주문처럼 뱉어지는 주소는 여태 지워지지 않았고 앞으로도 지워지지 않을 것이다. 이어서 소환되는 기억도 절대 지워지지 않을 기억임이 분명하다. 주소는 그 장소의 구체성과 함께 그 장소를 둘러싼 이야기에 실감을 부여한다. 그 실감 때문에 우리는 이야기에 더욱 공감하게 된다. 또한 이렇게 구체적인 주소까지 드러난 주공아파트는 소외와 차별의 문화적 기호로 작동하리라는 걸 짐작게 한다,

노래는 처음부터 소외와 차별을 보여주지는 않는다. 벌스 1은 두 부분으로 나뉜다. 집이 생겨 행복에 들뜬 시절, 그리고 그 행복이 해체되어 가는 과정이 그것이다. 사글세만 전전하던 화자의 가족에게 드디어 집이 생겼고 집으로 인해 소박하지만 따뜻한 행복이 피어올랐다. 여전히 가난해 제대로 된 밥을 못 먹어도, 바퀴벌레가 지겹게 나와도 괜찮았다. 별다른 수사도 없고 가사에 많은 감정이 실리지도 않지만, 이 가족이 얼마나 행복에 겨워했는지 생생히 묘사되고 있다.

그러나 처음 사귄 친구 집에서 친구 엄마에게 들었던 말은 소박하지만 따뜻한 행복에 균열을 만들어낸다. "저 동네 사는 애들은 어울리지도 마라". 차별당할 때 타인의 부정적 감정은 차별 당사자

삶의 정체성에 개입한다. 차이는 차별이 되고 구분은 비교가 된다. 비교 속에서 차별은 서열을 만들어낸다. 화자 가족의 행복은 친구 엄마의 행복조건 바깥으로 밀려난다. 화자의 행복은 더 이상 그 이전의 행복이기가 어려워진다. 차별에 의해 일상은 서서히 무너져 내리고 지옥으로 바뀌고 만다. "기초수급생활자"를 자신에게 붙은 차별의 딱지로 인식하게 되고 공짜 우유를 받는 것도 창피해진다. 심지어 집 앞을 지날 때는 얼굴을 가리기까지 한다. 아무렇지도 않았던 아이의 일상은 회복할 수 없을 정도로 폐허가 되어 간다.

상처는 사라지지 않는다. 다만 봉합되거나 가려질 뿐이다. 왜 화자가 어린 시절의 주소를 선명하게 떠올렸는지, 그 주소가 마치 지워지지 않는 화인처럼 그의 기억에 새겨져 있었는지 충분히 알 것 같았다. 노래를 들으면서 노래 속 아이에게 자꾸 어린 내가 겹쳐지는 걸 가까스로 참았는데, 훅에서 나는 기어이 눈물을 떨굴 수밖에 없었다.

"세상이 널 버려도 네 탓이 아니야, 마지막 끝까지 봐 태양은 널 비춰 널 믿어", 이 가사는 화자가 어린 시절 자신에게 보내는 다독임의 말이자, 이 노래를 듣는 리스너들에게 보내는 위로의 말이다. 나는 이 위로가 어린 시절 나에게로 향하는 모습을 지켜볼 수밖에 없었다. 내가 미처 돌보지 못했던 차별과 멸시의 시선 속에서 어쩔 줄 몰라 하던 소심한 어린아이가 아직 사라지지 않은 채 내 속에 여전히 살고 있다는 사실을 나는 발견하고야 말았다. 내가 끝내 참으려고 했던 것은 눈물이 아니라 그 어린아이를 다시 보게 되는 일이었는지 모른다. 그 모든 상처가 무뎌졌다고 생각했지만, 전혀 그렇지 않다는 걸 알게 되는 순간이었다.

이 노래는 한 래퍼의 성장담이다. 이 노래가 진정으로 수행하려는 것은 화자의 음악이 어떻게 시작되었는지 그 내력을 밝히는 것이다. 그 의도에 걸맞게 노래는 유년기의 상처와 그로 인한 청소년기의 방황들이 어떻게 음악에 대한 꿈으로 바뀌는지를 보여준다. 화자는 음악으로 진짜 친구들을 만나고 "없는 자들의 마음"을 잘 알게 된다. 그러나 화자의 성장에도 불구하고 극단적인 폭력의 순간은 우리를 눈살 찌푸리게 한다.

벌스 2는 청소년기의 비행에 대한 고백이자 자기 폭로이다. "내 야만 빡 돌아 그전에 미리 가져간 흉기로 친구를 찔러 피로 흥건해진 복도". 첫머리부터 점점 감정이 점점 격앙되기 시작하던 아이언의 목소리는 이 대목에서 절정을 이룬다. 스스로를 통제할 수 없다는 듯한 목소리로 풀어낸 이 장면은 앞서도 말했다시피 극단적인 폭력의 현장이다. 차별이 치욕감을 불러일으키고 그 치욕감이 적의로 바뀐다. 우리가 "더 악인이 돼 가"기를 선택한 화자를 이해하는 데 성공했더라도, 이 진술 자체는 우리를 당혹스럽게 한다. 이렇게까지 한다고? 우리는 질문할 수밖에 없다. 괴물에 대항하기 위해 가장 경계해야 하는 것은 스스로 괴물이 되는 일이 아닌가?

조심스러운 짐작이지만, 화자는 후회와 반성의 의도로 자기 폭로를 수행했을 것이다. "세상을 좀먹는 암 덩어리 나였지만"이라는 자기규정이 부끄러웠던 자기 모습에 대한 혐오를 드러낸다. 그는 자신이 그 시절 괴물이었다는 것을 인식하고 있다. 가수가 노래를 통해 자기를 폭로한다는 것은 자신에 대한 세간의 평가나 의견을 수용하겠다는 제스처이기도 하다.

당연하게도 노래는 논란을 만들었다. '부끄러운 과거를 거짓 없이 노래한 것이 용기 있다', '범죄 사실이 자랑이냐' 등으로 의견이 나뉘었다. 아이언은 실제 흉기에 찔렸던 피해자에게 용서를 구했던 것으로 보인다. 한 인터뷰에서, 그는 유명해진 이후 친구가 "너로부터 안 지워지는 사인을 받은 것 같다"고 얘기했다는 사실을 털어놓았다. 그 친구는 고향에서 열렸던 콘서트에 참석하기도 했다고 한다. 그가 자기 안의 괴물로부터 벗어난 것일까?

그는 스스로 생을 마감했다. 비극적 죽음 때문에 그에게 연민의 감정이 들었다는 것은 아니다. 아이언이 생전에 저지른 일을 평가해보려는 것도 아니다. 그가 저지른 일들은 분명 쉽게 용납되거나 용서받을 수 없는 일이다. 그가 불행한 삶을 살았다는 사실은 분명하더라도 유년의 상처 때문에 괴물이 될 수밖에 없었다는 논리는 자기합리화에 불과하다. 같은 상황에서 누구나 괴물 되기를 선택하는 것은 아니다. 이 자가당착은 아이언을 끝내 그 시절 속에 결박했을 것이다.

자신이 괴물이었음을 자각했음에도 아이언이 그 괴물로부터 온전히 벗어나지 못했다는 생각이 드는 건 그의 죽음 때문이다. 그가 성공 이후 새로운 괴물을 마주했을지도 모를 일이다. 그러나 섣부른 추측은 삼가기로 하자. 아무리 작은 상처일지라도 자신의 상처가 가장 아픈 법이다. 상처가 극복의 대상일 수 있는지는 회의가 들지만, 적어도 타인과 상처를 공유하고 타인의 상처에 공감하면 더 큰 우리 모두의 상처로 인식해가는 과정은, 그럼에도 필요하다. 상처를 극복하고 함께할 수 있는 일들을 우리는 발견해야 한다. 그것이 괴물을 벗어던지는 올바른 과정이다. 상처에도 일종의 애도가 필요하다. 아이언이 끝내 실패한 것은 그 애도가 아니었을지.

나의 이야기로 돌아와 보면, 나는 이 유년의 상처들 앞에서 어떠했는가. 어린 시절의 그 아이는 내 기억의 저편에서 여전히 소외와 차별을 겪고 있는 것은 아닌지 생각해보게 된다. 그 아이를 숨기고 사는 동안 나는 내 결핍을 꺼내 보여주기를 얼마나 두려워했는지. 남들에게 그럴듯해 보이기 위해 얼마나 애를 썼는지. "세상이 널 버려도 네 탓이 아니야"라고 읊조려본다. 가만히 그 아이의 등을 토닥여본다. 이제 그 시절을 애도할 때가 되었다.

(지금을 살고 노래하는 젊은 현자);

남피디

화지 - 이르바나

짧지만 굵은 나의 어린 날의
기억 조각들을 필두로
여태 다 분석하고 배제하려 했지
내 조상들의 실수를
할머니 말씀이
"눈 감았다 뜨니까 여기야
너도 곧 그럴걸?"
이 나이 와보니 좀 알아가
후회란 '왜 그랬지' 보다는 '그럴걸'
난 고작 인간 난 작어 작고도
물불 다 겪어봤어도
세상에 볼 건 많아 많고도
내가 본 건 아직 빵 프로
날 때부터 우리 맘에 한 켠에 빈 구멍

이유라도 알고 갈 거고
종교나 사람으로 채울 수 없다고 안 이상
마련해 난 딴 거 팔 평온
내 유통기한은 축복이야
현재에 날 살게 해
내 줌과 시야 지금은 좀 뒤야
어디 있나를 알게 해
쉽게 온 만큼 쉽게 가고 영원할 수 없어
온 우주의 작은 점 속
전부 컨트롤할 수 없어
지금 벌스 이 흐름이 내 삶의 비유쯤
최대한 채우다 지금은 여백 두고 필수뿐
놓을 건 놓고 주울 건 주워
내 16의 끝 정도에

돌아보면 뿌옇더라도 작품이 서면 돼

난 이 순간 속에 살고 그걸 너랑 나눌게
솔직하게 나도 없어 너랑 별반 다를 게
나도 사람 사람 사람
문제 많아 많아 많아
이게 다가 아닐 거란 맹신 하나 갖고 살아
이르바나 난 찾아가 내 이르바나
이르바나 난 찾아가 내 이르바나
이르바나 난 찾아가 내 이르바나
많이 짰어 웃을 날이 더 많아

내가 원하는 건 명성보다
그 후에 따를 세계관 그뿐
똑같은 시대를 살아도
그 이해도는 되게 다를 거야
내가 원하는 건 돈보다
돈으로 사는 내 시간 그뿐
반사회 반문화 반과학 비트닉은 아냐
걔네 같은 때 지난 소품
우리 숨을 축내는 우릴 묶는 굴레들
어차피 죽은 후엔 끝나
기억날 건 오늘의 축배들
말이 쉽긴 해도 너를 미치게 해도
메이는 건 역시 선택
내 친구들 진지해도 그런 의미에선
내 주변엔 병신 없네
힘이 겨울 때 잘 생각하면 여전히

우리는 결국에 주제 모르게
별을 내다보는 원숭이
거시에 기대면 근시의
미래 걱정 따윈 할 필요도 없음이
확실해지네 이 잠시의 기회에
매 순간 매초 만취해 지내
하나같이 미쳐가 죄다
입을 모아 이건 말세다
모든 게 거꾸로 된 아닌 척
들어 세울 상아탑이 필요한 세상
사람 목숨이 숫자고 다
자기 수식을 찾았으면 할 때
난 그저 통계이길 거부하고
진짜 사람으로 살게

난 이 순간 속에 살고 그걸 너랑 나눌게
솔직하게 나도 없어 너랑 별반 다를 게
나도 사람 사람 사람
문제 많아 많아 많아
이게 다가 아닐 거란 맹신 하나 갖고 살아
이르바나 난 찾아가 내 이르바나
이르바나 난 찾아가 내 이르바나
이르바나 난 찾아가 내 이르바나
많이 짰어 웃을 날이 더 많아

웃을 날이 더 많아
춤출 날이 더 많아
웃을 일을 더 찾아
곧 끝 여길 뜰 날이 곧 다가

;

화지의 '이르바나'를 처음 들었을 때 부리나케 가사를 찾았다. 속으로 "이런 벌스를 쓰는 래퍼가 있다고?"라며 감탄했다. 흔히 잘 쓴 벌스라고 하면 이미지가 그림처럼 그려지는 빈지노의 것이나, 이센스의 입말에 가까운 담백한 것이 생각난다. 화지는 이들과는 다르게 벌스를 사유의 흐름을 표현하는 도구처럼 여기는 것 같다. 유연한 랩과 플로우를 통해 '나는 이렇게 생각하는데 너는 어때?' 하며 묻는 듯하다. 그는 유의미한 문장에 위트와 철학을 담는다. 젊은 현자의 철학 에세이에 가깝다고나 할까?

이르바나 난 찾아가 내 이르바나
이르바나 난 찾아가 내 이르바나

이르바나 난 찾아가 내 이르바나

많이 짰어 웃을 날이 더 많아

반복되는 혹은 '열반'처럼 들린다. '번뇌의 사라짐', '완성된 깨달음'을 뜻하는 열반은 불교에서 수행을 통해 수련자가 도달할 수 있는 가장 높은 초월의 경지를 뜻한다. 그 반대말은 '생사'가 될 것이다. 하지만 화자는 열반의 영어 표현인 Nirvana에서 N이 빠진 Irvana를 노래한다. 이는 철학이나 사고를 통해 다다를 수 있는 개인적인 열반을 이 세계를 떠난 추상적인 초월(iNfinte)의 영역에서 찾기보단, N이 소거된 지금의 현실 곁에서 구현하고자 하는 의지로 보인다. 현실에서 찾을 수 있는 열반, 이르바나.

가사에 따르면 그리로 가는 길은 계속해서 '짜여야만' 한다. 씨실과 날실의 여밈을 통해 한 줄씩 순차적으로 이르바나로 가는 붉은 카페트를 교직하는 일, 그러면서 실의 재료가 되는 켜켜이 굳은 현실의 세부 역시 외면하지 않는 일. 바로 "분석하고 배제하려는 일"이 지금 여기의 이르바나를 만드는 화자의 일이다.

할머니 말씀이

"눈 감았다 뜨니까 여기야

너도 곧 그럴걸?"

이 나이 와보니 좀 알아가

후회란 '왜 그랬지' 보다는 '그럴걸'

화자는 후회의 순간에는 '행한 것'보다 '미처 하지 못한 것'에 방점을 찍어야 한다고 말한다. '할 수 있다면, 해야 한다'가 열반에 다다르기 위한 더 적극적인 태도라는 것. 인생에 대해 어떤 태도를 취하든 그건 개인의 선택이고 자유이지만, 만약 우리가 인생이 정말 반복되는 윤회의 결과이거나 영원회귀한다는 사상을 적극적으로 믿기로 한다면, 우리는 어떤 일도 유의미하게 느끼지 못하게 될 것이다. 인생이 영원히 반복된다면 어떤 변화도 근본적으로 변화를 만들어내지 못하니까 말이다. 화자는 무거운 사상에 골몰하기보단 가벼운 존재로서 부단히 몸을 움직이며 종종 몰입의 순간들을 실감하는 실질적인 삶을 살고자 한다. 우리는 유한한 존재("내 유통기한은 축복이야")이기 때문이다. 유한성은 인간을 가볍게 만든다. 우리를 "현재에 살게 한다".

> 최대한 채우다 지금은 여백 두고 필수뿐
> 놓을 건 놓고 주울 건 주워
> 내 16의 끝 정도에
> 돌아보면 뿌옇더라도 작품이 서면 돼

화자는 영원을 지향하는 가치나 작품을 남기기보다는, 지금 주어진 삶의 여백과 필수(요소)를 가지고 할 수 있는 일을 하려고 한다. 두 손에 넘치지도 부족하지도 않게 쥐고 "놓을 건 놓"는 행위 끝에는 작품이 선다. 이는 또한 화자가 음악을 만드는 태도이기도 하다.

난 이 순간 속에 살고 그걸 너랑 나눌게

솔직하게 나도 없어 너랑 별반 다를 게

나도 사람 사람 사람

문제 많아 많아 많아

이게 다가 아닐 거란 맹신 하나 갖고 살아

화자는 자신도 문제가 많은 사람이지만 "이게 다가 아닐 거란 맹신 하나" 가지고 너와 삶의 순간을 (랩으로) 나눈다. 화지 랩의 페이소스는 이런 신념을 자기 예술과 합치시키는 것을 넘어서 이를 향유자들과 신중하면서도 너그럽게 나누려는 작가적 태도에서 나온다.

화자가 원하는 것은 "명성보다 그 후에 따를 세계관", "돈보다 돈으로 사는 내 시간" 그뿐이다. "반사회, 반문화, 반과학, 비트닉"은커녕 가치를 추구하며 살아갈 시간도 부족하다. "우릴 묶는 굴레들"인 "때 지난 소품"이 아니라 오래도록 기억될 "오늘의 축배들"을 선택해야 한다. 여기서 "이 잠시의 기회에 매 순간 매초 만취해지네"를 현실도피자의 유희적 태도로 치부해서는 곤란하다. 화자는 술의 힘을 빌어 사람들에게 "상아탑"을 들어 올리기를 촉구하고 있다. 이는 관습적인 비유로서 상아탑이 아니라 '개인의 고유성'을 의미한다.

사람 목숨이 숫자고 다

> 자기 수식을 찾았으면 할 때
>
> 난 그저 통계이길 거부하고
>
> 진짜 사람으로 살게

　우리는 편리한 삶의 공식을 열망한다. 가벼운 교훈, 선정적인 공식이 이 열망을 간단하게 채운다. 미디어는 당신이 '좋은 상품'이라면 세상이라는 시장은 당신을 성공으로 이끌어줄 것이라고 말한다. 하지만 이처럼 가격으로 환원되고 마는 축소된 삶에 어떤 기대를 걸 수 있을까? 위의 가사는 상품으로서 "자기 수식"을 갖추기를 강요하는 시대 속에서 "통계이길 거부하고 진짜 사람으로" 살고 싶음을 항변한다.

> 웃을 날이 더 많아
>
> 춤출 날이 더 많아
>
> 웃을 일을 더 찾아
>
> 곧 끝 여길 뜰 날이 곧 다가

　노래는 문장을 마치지 않고 급박하게 끝난다. 마치 예측불가한 삶과 같다. 이는 "여길 뜰 날이 곧 다가"오기 때문에, 우리는 더 웃고, 더 춤출 일을 찾아야 한다는 화자의 당부로 들리기도 한다. '자유'에 대한 귀한 사유로 자신만의 목소리를 만들어낸 화지가 앞으로 어떤 곡을 더 들려줄지 기대해보자.

(불가능한
여행을 위해) ;

남피디

이센스 - MTLA
(Feat. 마스타 우)

간소한 짐 든든한 돈
한 시간 전까지 분주하던
내 머릿속이 가라앉을 때까지 모든 장면
들을 구체화하지
누가 참아내는 게 삶이라 말하네
누군 참는 게 둔한 짓이라 말해
자신을 믿고 더 사랑하라네
난 두 가지 말에 둘 다 대답 안 해
확실한 건 난 조급해 아직
감사하는 마음을 조금 더 가지래
넌 충분히 얻은 거라고
과한 욕심은 널 괴롭게 만들 거라며
대답할 말이 없네
위해주는 말인 건 알겠지만

근데 너도 말이 없네
너도 네가 진심인지 모르겠지 아마

I wanna move to LA
Move to LA
Move to
I wanna move to LA
I wanna move to Paris
Move to Paris
Move to LA
I wanna move to
I wanna move to LA
I wanna move to LA
I wanna move to Paris

Move to Paris

여행 계획을 짜네 서울보다
하늘이 파란 곳이면 다 좋아
예약은 어디든 가까운 호텔
괜히 가격이나 봤던 first class
차 한 대 값을 티켓에다
거리낌 없이 쓰는 인생의 맛은
어떨지 생각해보네, yeah 돈이란 거 참
편해
그런 인생의 고통이 뭔진 모르지만
적어도 모자란 걸로 슬프진 않겠지
나는 그 기분이 뭔지 알아
그걸 벗어난 기쁨이 뭔지 알아
그 과정에서 얻은 것도 있다만
다시 하라면 하고 싶지 않아
떠올리기만 해도 지겨운 느낌
왜 그런 거에서 배워야 하나 굳이
여권에 찍힌 도장과 빈 페이지
어릴 때 사진이 붙어 있네
11시간 날아서 얻을 휴식
짐 싸네 살러 갈 듯이

I wanna move to LA
Move to LA
Move to
I wanna move
I wanna move to LA

I wanna move to Paris
Move to Paris
Move to LA
I wanna move to
I wanna move to LA
I wanna move to LA
I wanna move to Paris
Move to Paris

On the roof top
High as ceiling
At a 5 star hotel
We chillin'
Got da whole squad
Goin' whoop whoop
Like police in the building
Cali breeze always feel right
Money trees for shade right
세 손가락 That's west side
But I don't bang
I work hard I play harder
Like I'm on trial 오늘을 살아
I give thanks in all circumstances
I do my shit I do my thang
By the Grace I'm what I am
Understand I ain't ur friend
When I'm back nobody staying
Know I'm saying

;

이센스는 〈The Anecdote〉로 대중과 평단의 호평을 이끌어낸 후, 2019년에 〈이방인〉을 발표했다. 이 앨범에는 삶의 출발점을 명시하던 일말의 따뜻한 고향의식에서 벗어나, 완전히 차갑고 불편한 세상을 바라보며 다시 손익을 계산해보는 자의 냉정한 시선이 묻어난다.

비트의 질감은 냉소적이며, 가사는 삐딱함을 넘어 매일 매일의 갈림길에서 방향을 지시하는 예민한 나침반 바늘처럼 민감한 시선을 유지한다. 하지만 쉴 틈 없는 읊조림을 뚫고 청자에게 작은 휴지기를 주는 트랙이 있는데, 중간의 'Dance', 그리고 여유로운 그루브로 이센스 랩의 변화된 리듬감이 드러나는 'MTLA'이다.

간소한 짐 든든한 돈

한 시간 전까지 분주하던

내 머릿속이 가라앉을 때까지 모든 장면들을 구체화하지

누가 참아내는 게 삶이라 말하네

누군 참는 게 둔한 짓이라 말해

자신을 믿고 더 사랑하라네

난 두 가지 말에 둘 다 대답 안해

확실한 건 난 조급해 아직

감사하는 마음을 조금 더 가지래

넌 충분히 얻은 거라고

과한 욕심은 널 괴롭게 만들 거라며

대답할 말이 없네

위해주는 말인 건 알겠지만

근데 너도 말이 없네

너도 네가 진심인지 모르겠지 아마

    'MTLA'는 노래의 혹인 "move to LA"의 줄임말이다. 직역하면 "LA로 이동하기". 문득 여행을 뜻하는 'travel'이나 'trip' 혹은 'go'가 아닌 'move'를 사용했다는 점에 주목하게 된다. 여기서 LA는 "서울보다 하늘이 파란 곳"을 뜻한다. 비현실적인 유토피아가 아니라 현재 화자에게 유무형의 압박감을 주는 이곳 아닌 어딘가 말이다. 그래서 그곳은 휴양지도 아니고, 관광지도 아니다. 목적지는 LA에서 "Paris"로 바뀌기도 한다. 화자는 '소박한 이동'을 가능케 하는 여행의 가능성을 노래하고 있다. 현실의 제약과 조건들은 그에게 일말의 여행 가능성도 현실화시켜주지 못한다. 그는 "한 시간 전까지 분주하던" 머릿속과 가방 속을 정리하고 어딘가로 차분하게(여기와 다를 바 없는 장소로) 이동하는 것이 좌절스럽게도 불가능한 일임을 직시한다. 그래서 다음 계획을 "구체화"하기 시작한다. 여기가 아닌 저기로 나를 이동시킬 수 없다면, 다음번엔 어디로 가야 할지, 그리고 다음번 목적지에 도착해 어떤 표정을 지을지 고민하는 것이다. 그 조급한 마음은 그루비한 비트를 타고 반 박자씩 느리게 변해가면서 화자의 갈급함이 해소되는 듯 보인다. 하지만 그것은 눈속임에 불과하고, 리스너들은 마음에 품었던 여행-이동의 가능성이 점점 불가능성으로 변질되는 것을 느낀다.

"참아내는 게 삶이라 말하"고 "참는 게 둔한 짓이라 말하"는 모두에게 "둘 다 대답 안"하는 태도. 지금 좌절한 화자에게 말뿐인 위로는 전혀 와닿지 않는다. 좌절을 몰아낼 다른 모험들, 다른 대체품이 필요하다.

여행 계획을 짜네 서울보다
하늘이 파란 곳이면 다 좋아
예약은 어디든 가까운 호텔
괜히 가격이나 봤던 first class
차 한 대 값을 티켓에다

거리낌 없이 쓰는 인생의 맛은

어떨지 생각해보네, yeah 돈이란 거 참 편해

그런 인생의 고통이 뭔진 모르지만

적어도 모자란 걸로 슬프진 않겠지

나는 그 기분이 뭔지 알아

그걸 벗어난 기쁨이 뭔지 알아

그 과정에서 얻은 것도 있다만

다시 하라면 하고 싶지 않아

떠올리기만 해도 지겨운 느낌

왜 그런 거에서 배워야 하나 굳이

생각의 환기, 공간의 변화 그리고 새로운 곳의 냄새들. 이 대체품들에 돈을 쓰는 상상. 그것이 이 조급한 자가 꿈꾸는 여행의 거의 전부라 할 수도 있겠다. 한편, 여행은 구체적인 행위다. 목적지를 정하고, 필요한 짐을 챙기고 어디든 숙소를 예약해야 한다. 출발, 도착, 경유, 돌아옴의 과정들에 각각 최소한의 시간이라도 배분되어야 한다.

하지만 화자의 여행에는 "돌아옴"에 대한 기대가 빠져 있다. 사람에 따라 여행에 기대하는 바는 천차만별이다. 누군가에겐 돌아옴이, 누군가에겐 여행을 계획하는 것 그 자체가 기쁨일 것이다. 여행지에서 찍은 사진을 되돌아보는 것까지 여행이라고 생각하는 사람도 있다. 하지만 화자가 이 노래에서 말하고자 하는 것은 좌절된 여행 자체의 의미, "살러 갈 듯이" 짐 챙기는 자의 다급함뿐인 듯하다.

> 여권에 찍힌 도장과 빈 페이지
> 어릴 때 사진이 붙어 있네
> 11시간 날아서 얻을 휴식
> 짐 싸네 살러 갈 듯이

문득 여권 사진을 펼치면 지금의 조급한 나 자신과는 다른, 어린 나를 보게 된다. 화자는 불과 몇 년 전인 사진 속 나를 보면서 "어릴 때"라고 말한다. 여권 사진 속 자신이 어렸다고 생각하는 것이다. (이센스의 개인사와 관련하여) 많은 사건과 좌절, 변화를 겪은 지금의 화자가 보기에 과거의 나는 인생의 고통을 몰랐기 때문에 어려 보이는 걸까? "다시 하라면 하고 싶지 않"은 어떤 일들, "떠올리기만 해도 지겨운 느낌"을 아직 겪지 않았던 자신을 두고 어렸다고 말하는 것일까? 또는 돈의 편리함 혹은 돈 버는 일의 지난함을 배우지 못한 그때를 어렸다고 하는 것인가? 알 수 없다. 분명한 것은 "살러 갈 듯이" 짐을 싸는 지금, 이센스 벌스의 화자가 조급하다는 것이다. 그는 이후를 알 수 없는 여행을 갈망한다.

I work hard I play harder[난 열심히 일하지만, 놀기는 더 열심히 해]

Like I'm on trial 오늘을 살아[마치 피고인이 된 것처럼 오늘을 살아]

I give thanks in all circumstances[내게 주어진 모든 것에 감사하고]

I do my shit I do my thang[내 일을 하지 내 것을 챙기지]

By the Grace I'm what I am[하나님의 은총 덕분에 나는 나 자신일 수 있지]

Understand I ain't ur friend[네가 날 친구로 생각 안 할 거 알아]

When I'm back nobody staying[내가 돌아오면 아무도 없겠지]

비장미 있게 반복되는 간주가 곡을 마무리하기 전, "summer-time in Cali[캘리포니아에서의 여름]"라는 가사가 늘어지며 마스타 우의 랩이 지긋하게 시작된다. 캘리포니아의 바람을 맞으며 5성급 호텔 루프톱에서 친구들과 여유를 즐기는 기분은 이 가상의 여행을 대하는 자의 태도를 설명한다. 일도 열심히 해야 하지만, 놀 때는 더 열심히 놀아야 한다고, 마치 곧 판결이 내려질 법정에 선 피고인의 마음가짐으로 오늘을 살아야 한다고. 내가 지금 나일 수 있는 이 모든 상황에 감사한다는 태도. 일견 충만한 정신을 보여주는 듯하지만, 뒷맛은 씁쓸하다. 화자는 자신이 이제 누군가의 친구가 될 수 없다고 선을 긋고, 여행에서 돌아왔을 때 아무도 거기 없을 거라고 먼저 예언처럼 짐작한다. 이 여행의 전후로 사정은 바뀔 테지만, 화자는 주변을 자기 의지로 바꿔나갈 것임을 암시하고 있다.

　노래는 내면의 변화를 깊이 암시하며 끝난다. LA의 따뜻한 기후와 느리게 기우는 햇볕, 파리의 화려한 불빛과 오래된 거리의 시간이 화자에게 내적 변화를 일으킬 것임을. 그때야 비로소 화자는 돌아옴의 가능성에 대해서도 말할 수 있을 것이다.

　'MTLA'는 음원으로 들을 때보다 공연 영상을 제공하는 온라인 서비스인 '네이버 온스테이지' 무대에서 선보인 라이브 클립으로 볼 때 감정적으로 더 와닿는다. 이 클립의 앞부분에서 이센스는 코로나19 팬데믹 상황 때문에 공연자로서 본업이 중단되었고, 이와 같은 관객 없는 공연이 자신에겐 쉽지 않다고 밝힌다. 그는 'MTLA'에서 노래하는 '여행의 불가능성'이 진짜가 된 현실의 아이러니를 인식하며 무대에 임한다. 당시 우리 모두가 각자의 'MTLA'를 꿈꾸며 답답한 일상을 보내고 있던 터라, 이 무대는 내게 더욱 와닿았다. 흐느적거리며 그루브를 타는 마스타 우의 래핑과 "I wanna move to LA"라는 랩을 뱉으며 "어디든" 갈망하는 이센스의 퍼포먼스는 이 무대에서 최선의 역량을 보여준다. 마치 절대 가보지 못할 여행지에 대한 최상의 상상을 해보거나, 상상 이후의 쓸쓸한 여운에 대한 최대의 보상을 기대하는 것처럼.

드랍 더 비트

2023년 5월 3일 초판 1쇄 발행

지은이 김근, 남피디
펴낸이 박시형, 최세현

책임편집 강동욱 **디자인** 윤민지
마케팅 양봉호, 양근모, 권금숙, 이주형 **온라인홍보팀** 신하은, 현나래
디지털콘텐츠 김명래, 최은정, 김혜정 **해외기획** 우정민, 배혜림
경영지원 홍성택, 김현우, 강신우 **제작** 이진영
펴낸곳 (주)쌤앤파커스 **출판신고** 2006년 9월 25일 제406-2006-000210호
주소 서울시 마포구 월드컵북로 396 누리꿈스퀘어 비즈니스타워 18층
전화 02-6712-9800 **팩스** 02-6712-9810 **이메일** info@smpk.kr

쌤앤파커스(Sam&Parkers)는 독자 여러분의 책에 관한 아이디어와 원고 투고를 설레는 마음으로 기다리고 있습니다. 책으로 엮기를 원하는 아이디어가 있으신 분은 이메일 book@smpk.kr로 간단한 개요와 취지, 연락처 등을 보내주세요. 머뭇거리지 말고 문을 두드리세요. 길이 열립니다.